대형 설서린

대형 설서린 1

설봉 新무협 판타지 소설

초판 1쇄 찍은 날 § 2003년 5월 22일
초판 1쇄 펴낸 날 § 2003년 5월 30일

지은이 § 설봉
펴낸이 § 서경석

편집장 § 문혜영
편집 § 장상수 · 유경화
마케팅 § 정필 · 강양원 · 이선구 · 김규진 · 홍현경

펴낸곳 § 도서출판 청어람
등록번호 § 제1081-1-89호
등록일자 § 1999. 5. 31
어람번호 § 제2-0209호

주소 § 경기도 부천시 원미구 심곡1동 350-1 남성B/D 3F (우) 420-011
전화 § 032-656-4452 팩스 § 032-656-4453
http://www.chungeoram.com
E-mail § eoram99@chollian.net

ⓒ 설봉, 2003

값 7,500원

ISBN 89-5505-684-2 (SET)
ISBN 89-5505-685-0 04810

대형 설서린

설봉 新무협 판타지 소설

1

적문편(賊門篇)

도서출판
청람

목

차

1 적분편(積憤篇)

序

열두 살 때인가?

시골 촌구석에서 늘 일어나는 일이 나에게도 일어났다.

"꿇어."

"……."

"새끼야, 무릎 꿇으란 말야!"

이상하게도 그 말만은 듣고 싶지 않았다. 겁에 질린 꼬마 아이가 무슨 생각이 있으랴만은 뱃속 깊은 곳에서 뜨거운 무엇이 울컥 치솟는 느낌이 들었다.

"어? 이놈 봐라? 네가 그렇게 싸움꾼이라며? 그래서 버티는 거야, 이 쥐방울만한 새끼가!"

퍼억!

묵직한 주먹이 머리통을 휘갈겼다.

눈에서 번갯불이 튀었다.

나이가 네다섯 살이나 많아 체격이 어른과 별반 다를 바 없는 형들의 주먹은 또래의 아이들이 조막손을 휘두르며 달려드는 것과는 차원이 달랐다.

"머리 때리지 마!"

"어쭈! 이게 이제는 앙살앙살 대들기까지 하네? 오냐, 어디 오늘 한번 죽어봐라."

말 그대로 흠씬 두들겨 맞았다.

맞지 않으려고 피해보기도 하고 대들기도 했지만 빙 둘러선 형들에게는 웃음거리밖에 되지 않았다.

결국 난 울음을 터뜨렸다.

코에서 코피가 났다고 운 것이 아니라 분해서 울었다.

형들은 그제야 때리는 것을 멈췄다.

"너, 앞으로 한 번만 더 환(晥)이에게 손대면 아예 죽여 버릴 거야. 알았어? 꼬마새끼가 뭐가 되려고 주먹질이야, 주먹질이."

그날 나는 얌전히 잠을 청해야 했다.

어린아이들끼리 서로 맘이 안 맞아 주먹이 오간 것 가지고 형들에게 몰매를 맞은 건 억울하기 짝이 없지만 하룻밤 푹 자고 나면 나 자신도 잊어버릴 일이었다.

그러나 난 자지 못했다.

'비겁하게 네 명이서……'

물론 일 대 일로 붙었어도 상대가 되지 않을 것은 뻔했지만 그래도 한두 대 정도는 때릴 수 있을 것 같았다. 그 한두 대, 겨우 주먹 몇 번 때리지 못한 것이 억울했다.

그날부터 뒤뜰에 나무를 박아놓고 주먹질, 발길질을 해댔다.

"아예 싸움꾼으로 나설 생각이냐?"

훈장의 호통은 귀에 들어오지도 않았다.

"형."

"뭐야!"

"한 번 더 해볼까?"

"이 새끼가 건방지게 눈을 치뜨고… 뭘 하잔 말야, 새끼야!"

쉬익!

어김없이 주먹부터 날아들었다. 그러나 이번에는 상황이 달랐다. 주먹이 날아올 것을 예측한 나는 번개같이 튀어오르며 머리로 형의 얼굴을 들이받았다.

뻐억!

둔탁한 소리가 났다.

"악! 아악! 내 코! 내 코…….'

형은 얼굴을 움켜잡고 풀썩 주저앉았다. 두 손 사이로 붉은 피가 줄줄 흘러내렸다.

싸움은 끝났다. 내가 이기고 형이 졌다.

그날 저녁 나는 또 흠씬 두들겨 맞았다.

인근 십여 리 주민의 생계를 좌지우지한다는 대부호의 아들을 그 모양으로 만들어놨으니 무사할 리 없다.

그건 지금 생각이다. 당시에는 날벼락이었다.

얼굴을 잘 알고 있는 어른들이 우르르 들이닥치더니 다짜고짜 두들겨 패기 시작했다.

훈장은 멀거니 지켜보기만 했다.

하인들의 몰매는 내가 까무러치고 난 다음에야 멈췄다. 아니, 그 후에도 얼마나 더 몰매를 가했는지는 모른다. 좌우지간 죽지는 않았지만 보름간이나 피똥을 쏟아냈다.

훈장이 말했다.

"그러게 주먹질을 하려면 상대를 잘 골라야지. 매를 사서 번 거야."

난 키득키득 웃었다.

뼈가 가루가 될 만큼 두들겨 맞았지만 형이 얼굴을 움켜잡고 풀썩 주저앉던 모습만 생각하면 통쾌하기 이를 데 없었다.

나나 형이나 별것 아닌 사건 때문에 운명이 뒤엉켰다.

그 일만, 그 일만 없었다면… 지금쯤 훈장이 되어 아이들이나 가르치고 있을 텐데. 아니다. 내 성격에 훈장처럼 답답한 일을 하고 있을 리는 없고 홍루(紅樓)에서 값싼 계집들이나 껴안고 술 취해 해롱대고 있을지도 모른다. 조금 정신을 차렸다면 소작농 정도 하고 있을 테고.

어떤 것도 지금보다는 낫다.

사랑하는 사람을 잃은 것도 모자라서 늦은 밤에도 어디서 검이 날아올지 몰라 잠을 이루지 못하는 지금보다는.

第一章

죽은 빛이 되살아나

1

죽은 빛이 되살아나

"빌어먹을 놈! 밤새 또 어디서 뭔 짓을 하다가 이제야 기어드는 거야! 저승사자는 뭐 하는지 몰라, 저런 놈 안 잡아가고."

노인은 아침도 한참 지나 점심으로 치다를 무렵에서야 어기적거리며 나타난 아들을 고운 눈으로 보지 않았다.

덩치가 산만한 칠척장신(七尺長身) 거구는 술에 만취되어 제대로 걷지도 못했다. 털이 북슬북슬한 가슴을 환히 드러내 놓고 한 손으로는 바지춤을 움켜잡고 있었다.

"꼴 하고는…… 쯧!"

노인이 혀를 끌끌 찼다.

어디서 허리띠를 흘린 모양인데 한두 번 있는 일도 아니라서 이제는 만성이 되어버렸다. 술 취한 놈이 소변을 싸대는 거야 흔한 일이지만 아들놈은 유독 허리띠를 챙기지 못했다. 한 걸음만 떼어놓아도 바지가 흘러내리니 잊어버릴래야 잊어버릴 수도 없는 일일 텐데도.

"흐흐흐! 할망구, 기다렸어?"

"징그러워, 이놈아! 어휴! 술 냄새. 돈도 없는 놈이 어디서 맨날 술타령이야! 그 돈 있으면 쌀이나 한 말 팔아와!"

노인은 와락 껴안는 장한의 품에서 벗어나려고 발버둥 쳤다.

형영(邢穎)은 바지가 흘러내리는 것을 의식한 다음에야 노인을 놓아주었다.

"도, 독사! 독사 놈은 어디 있어?"

"그놈은 왜 찾아! 하나같이 식충이들 같으니라고. 뒤채로 가봐!"

노인은 패악을 부리면서도 독사가 있는 곳을 일러주었다. 그리고 마지막으로 한마디 더 하는 것도 잊지 않았다. 분명 소 귀에 경 읽기겠지만.

"밥이나 처먹고 자!"

덜컹!

헛간 문을 거칠게 열자 장정 대여섯 명이 탁자를 중심으로 모여 앉아 있는 모습이 제일 먼저 눈에 들어왔다.

"왔냐?"

장정 중 한 명이 속삭이는 듯 작고 가는 음성으로 말했다.

"투전(投錢)이야? 흐흐! 좋지, 좋아. 암! 세상에 투전처럼 시간 죽이기 좋은 건 없지. 흐흐흐!"

형영이 걸걸한 음성을 토해냈다.

탁자에 앉아 있던 사내 중 한 명이 벌떡 일어나 다가왔다.

그가 어깨를 부축해 주며 말했다.

"쉿! 목소리가 너무 커. 조용히 해."

"뭐?"

"독사가 공부하고 있어."

"고, 공부?"

"아버님이 뭔 책을 한 권 건네줬거든."

"빌어먹을! 그 늙은이는 꼭 쓸데없는 짓만 한다니까."

형영은 못마땅한 듯 인상을 찡그렸지만 음성은 다른 사내들처럼 낮아졌다.

"술 많이 취한 것 같은데 좀 자라."

"그래야겠어. 끙! 몇 독 먹지도 않았는데 취하네."

사내가 형영을 부축해 침상으로 데려갔다.

"제대로 좀 걸어. 두어 걸음만 더 걸으면 되는데 꼭 내게 이래야겠냐?"

사내가 상당히 힘겨운 듯 투정을 토해냈다.

술 취해 흐느적거리는 칠척거한을 부축한다는 것은 여간 고역이 아니었다.

"다시 하자. 패 돌려."

"누가 선(先)이지?"

"나."

탁자에 앉아 있던 사내들이 소곤거렸다.

형영은 심한 갈증을 느끼며 눈을 떴다.

물병이라도 있으면 기갈이라도 해소할 텐데 망할 놈의 헛간에는 흔하디흔한 물병 하나 없다. 물을 마시려면 밖으로 나가 우물물을 길어

마셔야 된다.

'망할! 오늘은 꼭 물병 하나 구해놔야지.'

사위에는 칠흑 같은 어둠이 깔렸고 유등(油燈)에서 번져 오는 불빛이 답답하게 헛간을 비췄다.

작게 소곤거리는 소리가 신경에 거슬린다.

"제길! 오늘 끗발 정말 안 나네."

"흐흐흐! 딸 때가 있으면 잃을 때도 있는 거지 뭘 그래? 어제 많이 땄잖아."

"뭘 많이 땄다고 그래? 겨우 두 냥 땄는데."

"이 도둑놈 봐라. 두 냥이란다. 에잇, 도둑놈아. 나만 해도 닷 냥은 잃었다."

"넌 촌스럽게 그런 걸 셈하고 있냐? 어서 패나 돌려. 네 말대로 잃을 만큼 잃었으니 이젠 따겠지."

투전만 잡으면 이틀이고 사흘이고 엉덩이를 들지 않는 족속들.

형영은 잠시 누워 있다가 몸을 일으켰다.

일어나 봤자 딱히 갈 곳이 있는 것도 아니지만 빌어먹을 갈증은 도무지 참기 힘들었다. 그렇다고 투전하는 놈들 중에는 대신 물을 길어다 줄 놈은 없다.

"일어났냐?"

투전하던 놈 중 한 놈이 건성으로 물었다.

지금 일어나든 내일 새벽까지 푹 잠에 파묻혀 있든 상관하지 않을 놈들이다.

하릴없는 날건달들의 생활이란 으레 그렇다.

형영은 밖으로 나와 우물에서 물을 길었다. 입에 대고 벌컥벌컥 들이카다가 두레박을 머리에 대고 쏟아 부었다.

정신이 확 깨는 듯했다. 한밤을 하얗게 지새우며 들이켰던 술이 말끔히 씻겨 내려가는 듯했다.

하늘에는 별이 총총하다. 여인의 눈썹처럼 가는 초승달이 은은하게 사방을 밝힌다.

형영은 뚜벅뚜벅 걸어 헛간으로 돌아갔다.

투전에 몰두한 사내들은 형영을 쳐다보지도 않았다, 물귀신처럼 물에 흠뻑 젖어 들어섰는데도.

"아! 제길! 오늘은 정말 안 되네. 어지간히 밀리면 어떻게 해보겠지만 꼭 한 곳 차이로 밀리니. 이게 더 사람을 미치게 한다니까."

"흐흐! 꽤 잃었지?"

"그래, 자식아. 이젠 정말 불알 두 쪽밖에 남지 않았다!"

"흐흐흐! 쓸 만한 불알이면 말도 안 해요. 너, 토끼라며?"

"뭐? 말 다 했어!"

"마, 떼어버려라. 사내자식이 토끼가 뭐냐, 토끼가."

"너 이 새끼! 주둥이 찢어졌다고……."

"주둥이고 나발이고 소홍(小紅)이가 그러더라. '시작하자마자 끝나는데 나 미칠 뻔했어. 세상에 그렇게 빠른 토끼는 처음 봤다니까. 크기도 새끼손가락만해 가지고는. 뭐, 대물(大物)? 그게 대물이면 세상 사내들 대물 아닌 사내 없겠다' 이러더라. 흐흐흐!"

"킥킥!"

"소홍이가 묻더라, 왜 대물이라고 부르느냐고. 그래서 말해 줬지. 대물이 그 대물이 아니고 똥을 한 포대씩 싸대서 대물이라 부른다고. 킥킥킥!"

사내들은 박장대소(拍掌大笑)를 억지로 삭이며 웃어댔다.

"소홍이년이 그랬어? 이년 주둥이를 콱 찢어놓든가 해야지……."

놀림을 받은 대물도 분기를 안으로 삭였다.

소리를 죽이며 웃고 떠드는 것은 습관이 되어서 어색하지 않았다.

형영이 탁자에 놓인 돈을 한 손으로 쓸어 담으며 말했다.

"독사는 언제부터 저기 파묻힌 거야?"

"어제 저녁부턴가? 네가 나간 바로 다음부터야."

사내들은 형영이 돈을 쓸어가도 인상 한 번 찡그리지 않았다. 돈이 있으면 같이 쓰고 없으면 굶는 생활이 몸에 배었다.

"그때부터 너흰 계속 이 짓거리고?"

"할 일도 없는데 뭘."

"일어서. 오늘 내가 술 한잔 내지."

"정말?"

"내가 언제 허튼소리하든?"

"하아! 오늘 잘하면 소홍이년 품을 수 있을 것 같은데?"

금방까지도 주둥이를 찢어놓겠다고 이를 갈던 대물의 입이 헤벌쭉 벌어졌다.

형영은 그들을 지나쳐 짚으로 엮은 거적을 들췄다.

헛간 한 귀퉁이를 거적으로 가려놓은 좁은 공간이 독사만의 보금자리다.

원래는 헛간 전부가 독사의 보금자리였다. 농기구도 놓아두고 팥이며 콩 같은 농작물도 쌓아두는…… 헛간 한구석에 놓인 누가 내다 버린 침상을 주워놓은 것이 독사의 유일한 가구였다.

그곳에 파락호(破落戶)들이 모여들기 시작한 것은 삼 년 전부터다.

그들은 점점 영역을 넓혔다. 헛간에 탁자를 들여놓고 의자도 들여놓고…… 침상도 먼저 드러눕는 사람이 임자였다.

결국 독사는 헛간 한구석으로 밀려났다.

거적을 풀어서 헛간 한구석을 가리고 파락호들이 가져온 작은 책상을 벽에 붙여놓았다.

사방 한 평이 채 안 되는 작은 공간.

형영의 눈에 작은 공간이 들어왔다.

"나 왔다."

"……."

"쳇! 이놈아, 어르신이 왔으면 고개라도 돌려봐라."

"……."

"정말 더럽게 재미없네. 그 영감은 뭐 하러 책을 구해와서는……. 할 일이 그렇게도 없나?"

"……."

"요락(妖樂)에 갈 건데 같이 안 갈래?"

"……."

"있다가라도 들러. 요빙(妖氷)이 그년, 살쾡이가 다 되어가지고 보는 사람마다 물어뜯는다. 어제는 나도 물릴 뻔했다니까. 여기 온다는 걸 억지로 말렸거든."

"……."

"못 말리겠네. 간다. 이따가 꼭 와. 너 안 오면 요빙이년이 정말 내 뼈를 갈아먹을 거다."

대답은 여전히 들리지 않았다.

*　　　*　　　*

다다다닥……!

이층에서 거칠게 뛰어 내려오는 소리에 주객(酒客)들의 시선이 일제히 계단으로 쏠렸다.

요락은 주객들을 철저히 차별했다.

명색이 기루(妓樓)인데도 일층 주객들은 기녀 손 한 번 잡아보지 못한다. 그들이 볼 수 있는 것은 이층 회랑(回廊)을 오가는 기녀들의 고운 자태뿐이요, 그들이 들을 수 있는 것은 간드러진 웃음소리와 벽창 너머로 들려오는 노랫소리, 그리고 비파나 생황 같은 악기 소리들뿐이다.

일층 주객들의 눈은 계단에 쏠린 채 흩어지지 않았다. 그것도 그럴 것이 기녀가 일층으로 내려오는 경우는 거의 없기 때문이었다.

발걸음 소리의 주인공은 스물이 갓 넘었을까 말까 한 묘령의 기녀(妓女)다.

그녀는 어느새 일층으로 내려와 누군가를 찾는 듯 주위를 두리번거렸다.

벌써 적잖은 술을 마신 듯 얼굴이 불그레했다. 짓궂은 손님을 맞은 듯 머리도 헝클어졌고 앞가슴도 약간 벌어져 속살이 내비쳤다.

일층 주객들에게는 좋은 요깃거리가 아닐 수 없다.

그러거나 말거나 기녀는 백여 평에 이르는 주루를 꼼꼼히 훑어보다가 이윽고 원하는 사람을 찾았는지 얼굴에 함박웃음을 지었다.

그녀가 주루 한 귀퉁이에 모여 앉은 사내들에게 다가갔다.

주객들은 그제야 고개를 돌려 자신들만의 화제로 돌아갔다. 술잔을 들고 있던 자는 입에 털어 넣었고 안주를 집어 먹으려던 자들은 다시 저금을 놀렸다.

"제길! 암코양이한테 걸렸으니 된통 당하겠네. 그러니까 다른 곳으로 가자고 그랬잖아. 왜 꼭 여기야, 여기는······."

모여 앉은 사내들 중 한 명이 작은 소리로 중얼거렸다.

"암코양이가 아니고 살쾡이야, 살쾡이."

다른 사내가 얼른 되받았다.

사내의 말대로 사뿐사뿐 걸어오는 기녀의 얼굴이 시시각각으로 변했다. 처음에는 아미(蛾眉)를 살짝 찌푸리더니 몇 걸음 더 걷고서는 눈꼬리가 표독스럽게 치켜졌다. 그녀가 형영의 등 뒤에 이르렀을 때는 취기로 붉게 물든 눈에서 화염이 뿜어져 나왔다.

그녀는 다짜고짜 형영의 귀를 잡아 비틀었다.

"오늘은 데려온다며?"

"오, 올 거야. 온다니까!"

형영이 눈을 찔끔 감은 채 대답했다.

"와? 언제?"

"지, 지금 책을 읽고 있거든. 그것만 다 읽으면······."

"흥! 그럼 오늘도 오지 못한다는 소리잖아! 독사가 언제 하던 일 멈추고 오는 것 봤어?"

귀를 잡아 비트는 손에 힘이 가해졌다.

"아! 아야! 정말 아프단 말야!"

형영이 소리를 빽 질렀다.

천둥 같은 고함 소리에 질렸는지 기녀가 손을 놓았다. 아니다. 그녀는 손을 놓자마자 자신의 얼굴을 부여잡고 어깨를 들썩였다.

그녀의 입에서 가는 소리가 새어 나왔다.

"독사 그 새끼… 잠자리하려고 유혹한 거야. 벌써 엿새째야, 엿새. 엿새째나 얼굴 꼬라지를 보지 못했다고! 흑흑! 내가 미친년이지. 어쩌자고 사내에게 정을 줘가지고는."

얼굴에서 손을 떼고 눈물을 쓱 훔친 기녀의 얼굴이 다시 표독스러워졌다.

"독사 그 새끼한테 말해. 다시는 날 볼 생각 하지 말라고. 다시 만나면… 내가 죽여 버릴 거라고!"

"아, 알았어."

"그리고 너, 불곰!"

"나? 난 왜?"

"너도 마찬가지야! 앞으로 설향(雪香)이 볼 생각은 꿈도 꾸지 마! 알았어? 흥!"

"야! 그건 너무하자……."

"대물! 너도 마찬가지야!"

기녀가 행여나 불똥이 튈까 숨도 못 쉬고 앉아 있는 대물을 쳐다봤다.

"소홍이? 흥! 누구 맘대로! 너희들, 앞으로는 철저하게 계산해. 알았어? 돈 없으면 여기 올 생각도 하지 말란 말야!"

"저, 저기 요빙아, 난……."

"시끄럿!"

기녀 요빙의 얼굴에 찬바람이 돌았다.

대물의 쥐눈이 데루룩 굴렀다. 그리고 곧 그의 입에서 엉뚱한 말이 새어 나왔다.

"이거야 원, 말할 기회를 줘야지. 우리가 여기 간다니까 독사가 그러더라. 너, 알지, 독사 성격? 뭐, 한 번 손에 잡으면 옆도 안 돌아보잖아. 아, 그런 놈이 책을 놓고 말까지 하더라니까."

"흥! 어디서 흰소리를 나불대는 거야?"

요빙의 음성은 여전히 냉랭했지만 말 속에는 은근한 기대가 담겨 나왔다.

'저놈이 또 잔머리를…… 좌우지간 잔머리 하나는…….'

형영은 대물을 보며 피식 실소를 흘렸다. 그러나 대물의 표정은 진지하기만 했다.

"믿든 안 믿든 자유인데… 그럼 어떡할래? 독사가 편지를 써줬는데… 그냥 도로 가져가?"

그 말에는 형영도 고개를 번쩍 치켜들었다.

대물은 금방 들통날 거짓말을 하는 놈이 아니다. 그렇다고 독사가 손에 잡은 것을 팽개치고 편지를 쓴다는 것은 더 믿을 수 없다.

"펴, 편지? 정말 독사가 편지를 써줬어?"

편지라는 말에는 요빙의 얼굴도 활짝 펴졌다.

"참내, 못 믿기는……."

대물은 정말 품에서 편지 한 통을 꺼내 살랑살랑 흔들었다.

"줘?"

"빨리 못 내놔!"

"그럼 소홍이는……."

"나중에 보면 되잖아! 빨리 못 내놔!"

요빙은 빼앗다시피 편지를 받아 들었다. 그러나 바로 펴서 읽지는 않았다.

"이거 정말 독사가 써준 편지지?"

"아니면 내 손에 장을 지지고."

"그 말 똑똑히 기억해 둘 거야."

요빙의 얼굴에 화색이 돌았다.

요빙이 이층으로 올라가고 난 후 여섯 사내는 다시 술을 퍼마시기 시작했다.

일층 주루에서도 가장 값싸고 독한 화주(火酒)다.

원래 요락에서는 화주를 팔지 않았다. 지금도 다른 손님들에게는 팔지 않는다. 화주는 오로지 영은촌(寧殷村) 파락호들을 위한 술이었다.

"야, 그 편지 뭐야?"

형영이 물었다.

"소홍이에게 쓴 편지."

"뭐?"

"걱정할 것 없어. 쓸데없는 소리는 적지 않았고 그냥 연가(戀歌) 한 수 적은 것뿐이야."

"너, 시도 쓸 줄 아냐?"

"야! 그럼 서당 개 삼 년이면 풍월을 읊는다는데 너의 집에 들락거린 게 꼭 삼 년이다. 이래도 뚫린 귀는 있다고."

"빌어먹을! 그 영감이 사람 하나 또 버려놨네."

형영은 단숨에 독한 화주를 한 사발이나 들이켰다.

시간이 흘러 해시(亥時)가 지나 자시(子時)로 들어섰다.

흥청대던 주객들이 모두 빠져나가고 넓디넓은 주루가 텅 비었다. 이층에서는 아직도 온갖 교성과 노랫가락이 흘러나오지만 오로지 술과 안주만 놓고 구경만 해야 하는 일층 손님들은 홍이 일찍 파했다.

넓은 주루에 형영 일행만 남아 술잔을 기울였다.

그쪽도 홍이 파하기는 마찬가지였다. 하루 넘게 투전에만 몰두하던 사내들은 술 몇 잔에 곯아떨어졌고 아직도 눈을 뜨고 있는 사내는 낮 동안 잠을 퍼질러 잤던 형영과 소홍에게 목적이 있는 대물뿐이었다.

"임마, 너도 한 잔 해."

형영이 술 그릇을 내밀었다.

"봐주라. 오늘은 토끼 소리 면해야지."

"풋! 사내자식이 술 몇 잔 갖고. 그나저나 네 편지 약발 있네, 요빙이년이 안 내려오는 것 보면."

"그냥 시 한 수 적은 것뿐인데 발각될 리 없지. 그런데 궁금한 게 있는데 말야."

"뭐?"

"설향이 말야, 어떻게 하려고 그래?"

"미친놈, 어떻게 하긴 뭘 어떻게 해? 데리고 살면 그만이지. 넌?"

"나 같은 놈이 어디서 소홍이 같은 여자를 만나. 세상 사람들은 모두 비웃을지 몰라도 내겐 그만한 여자가 없어."

"미친놈, 아예 눈에 콩깍지가 씌었구나. 애는? 애 키울 자신은 있어?"

"애? 그놈의 자식, 얼마나 귀엽다고. 아비 정을 모르고 자라서 그런지 무척 따라."

"어? 이 자식 이거…… 너, 집에도 가본 거야?"

"……."

대물이 희미하게 웃었다.

"허! 엉큼한 자식은 따로 있네. 소홍이 그년도 그렇고. 어쩌면 그러면서도 그렇게 새침을 떠냐? 토끼 어쩌고 하면서. 임마! 한잔 받아! 오늘 같은 날 마셔야지 언제 마셔!"

대물도 이번에는 거절하기 힘들었는지 술잔을 받았다. 그런데,

"응? 이거… 요빙이 목소리 아냐?"

술 그릇을 넘겨주던 형영이 미간을 찌푸렸다.

"내놔! 내놔, 새끼야! 네가 뭔데… 악! 이 새끼가 때려? 오냐, 어디 죽여봐라! 죽여봐, 새끼야! 악!"

교성마저 점점 자지러들던 이층에서 패악 소리와 구타하는 소리가 어지럽게 들려왔다.

"맞아! 요빙이야!"

형영과 대물은 벌떡 일어섰다. 그리고 한달음에 이층으로 뛰어올라갔다.

더 이상 무모한 싸움을 하지 말고 물러서라는 뜻이다.

물러선다고 해도 뭐라고 할 여자는 아니다. 새삼스럽게 정절 운운하는 것도 우습다. 하지만 형영은 물러서고 싶지 않았다.

자존심이 허락하지 않았다.

설향은 모를 것이다. 제 계집을 다른 사내 품에 안기는 사내 심정이 어떤지. 한 대 맞은 것은 참을 수 있어도 자존심을 건드린 것만은 참을 수 없다.

뚜벅! 뚜벅!

형영은 눈을 부릅뜨고 걸었다.

"······?"

무인이 이채를 띠었다.

형영의 행동은 그들로서도 뜻밖이었다. 대체로 파락호라는 작자들은 상대가 무인이란 것을 알면 제 계집이고 뭐고 내팽개치고 꽁지가 빠져라 도망치기 일쑤였다.

"무식한 놈 같으니, 덩치를 보아하니 힘깨나 쓰는 듯한데. 그래, 좋아. 어디 얼마나 버티는지 볼까? 내 약속하는데 이번 일격을 받고도 쓰러지지 않으면 이 자리에서 무릎 꿇고 사죄하지."

무인의 눈에서 독기가 뿜어져 나왔다.

살기(殺氣)다. 살기를 토해내기 시작했다.

무인은 심중을 증명이라도 하듯 양손에 진기(眞氣)를 운집했다.

파락호와 무인 간의 싸움은 언제나 파락호가 불리하다. 부모도 모르고 자식도 모르고 오로지 남의 등이나 처먹을 줄밖에 모른다고 해서 파락호라 불리지 않는가.

그런 사람 한둘쯤 죽였다고 해서 무인들에게 해가 돌아가지는 않는다. 파락호를 위해 복수해 줄 사람도 없고 그럴 사람이 있다 해도 무인을 상대로는 싸울 엄두조차 내지 못한다.

반대의 경우는 전혀 다르다. 혹여 무인이 해라도 입으면 동문(同門)이라는 무인들이 벌 떼처럼 달려들어 도륙내고 만다.

그런 연유로 이제 갓 검을 잡은 풋내기조차 파락호를 대하면 제왕처럼 유세한다.

"그러지 마! 그냥 가! 그냥 가란 말야! 다른 때와 똑같아. 그냥 하룻밤만 자주면 되는 거야! 그냥 가! 가란 말야!"

설향이 벌벌 떨면서도 필사적으로 소리쳤다.

산전수전 다 겪었다면 겪은 여인이고 이런 싸움을 한두 번 본 것도 아니니 결과는 능히 짐작하고도 남으리라.

형영은 계속 걸었다. 이윽고 무인과의 거리가 손만 뻗으면 닿을 정도로 가까워졌다.

형영은 배에 힘을 주었다.

무인들이 말하는 진기 어쩌고 하는 것은 모르지만 배에 힘을 주면 자연 주먹에도 힘이 들어간다.

"그럼 어디 한 대 맞아봐."

쉬이익! 퍼억!

무인의 주먹이 번개처럼 날아들어 여지없이 복부를 강타했다.

창자가 뒤틀리는 고통은 철삭(鐵索)에라도 묶인 듯 전신을 친친 동여맸다. 사위가 칠흑처럼 어두워지는 것은 의식에도 없었다. 오로지 숨이 막혀 견딜 수 없다는 느낌만 들었다.

'이대로 버티면 돼.'

순간적으로 얄팍한 유혹이 밀려들었다.

무인은 분명히 말했다. 한 대만 버티면 무릎 꿇고 사죄하겠다고. 하나 형영은 그런 수로 굴복시키고 싶지 않았다.

비틀! 신형이 무너지는 듯하던 형영은 눈을 부릅뜨고 무인의 상반신을 껴안았다.

"뭐야, 이거?"

승리감에 도취되어 형영을 무시하고 설향에게 눈길을 돌리던 무인은 느닷없이 옥죄어오는 강인한 힘에 깜짝 놀랐다.

무인의 실수라면 역시 적을 너무 가볍게 본 것이다. 그러나 결정적인 실수를 꼽으라면 방심보다는 너무 거리를 가깝게 두었다는 쪽이 맞는다.

"이… 제는… 네가 당할 차례야!"

형영이 팔에 힘을 주었다.

"이놈이!"

양팔과 상반신의 자유를 잃은 무인은 무릎으로 복부를 가격했다.

퍼억!

형영은 이를 악물었다.

몸 상태가 어떻게 됐다는 것은 짐작하고도 남는다. 분명히 내장이 뒤틀렸다. 아니, 파열되었을 수도 있다.

"이익!"

이를 악물고 양팔에 힘을 주었다. 허리를 으스러뜨려 놓지 않고는 직성이 풀리지 않을 것 같았다.

일순 상반신을 제압당한 무인의 안색이 하얗게 질렸다.

형영은 똑똑히 보았다. 무인의 얼굴에 떠오른 빛은 당혹감이다. 죽음에 대한 공포다.

"엇! 저……."

사태가 심상치 않다고 생각한 무인들이 쾌속하게 신형을 날렸다.

픽! 퍼억!

앉은 모습 그대로 신형을 날린 자가 제일 먼저 형영의 등에 두 번의 발길질을 해댔다.

어디를 어떻게 맞았고 어떤 충격을 받았는지는 생각도 나지 않는다. 등뼈가 부러지는 듯한 고통이 뒤따랐다. 하지만 그의 머리 속에 깃든 일념은 오직 하나, 양팔로 휘감고 있는 무인을 죽여 버리고 말겠다는 생각뿐이었다.

무인들은 형영을 너무 가볍게 보았다. 어디서나 흔히 볼 수 있는 파락호 정도로만 여겼다.

형영은 지난 삼 년간 무려 백여 번이나 싸움을 했고 단 한 번도 중상(重傷)을 입어본 적이 없는 거골(巨骨)이다. 그의 선천적인 천력(天力)은 웬만한 무인의 내공보다도 강했다.

"이, 이놈이!"

당황한 무인들이 합공을 펼쳐 형영의 육신을 난타했다.

픽! 픽! 퍼억!

"끄윽!"

의식이 가물거린다.

방 안 풍경이 보였다가는 사라지고 깜빡 정신이 들어보면 파랗게 질린 사내의 입술이 보인다.

'이익!'

형영은 마지막 힘을 끌어 모아 양손에 운집했다. 그리고 힘껏 잡아 당겼다.

우둑!

그가 듣고 싶어하던 소리가 들렸다.

수백 번의 싸움에서 허리를 분지른 것은 단 네 번에 불과하다. 언제나 불쾌했다. 상대는 허리가 끊기는 순간 입에서 단내를 토해냈다. 그 냄새를 맡으면… 며칠이고 후각이 마비되어 아무 냄새도 맡지 못했다.

지금은 상쾌하다. 단내가 맡아지지 않고 죽이고 싶은 놈을 통쾌하게 죽였다는 느낌밖에 들지 않는다.

퍽퍽!

등 쪽에서 기이한 울림이 전해진다 싶었는데 비릿한 핏덩이가 목구멍을 타고 기어오른다.

"크윽!"

형영은 기어이 입에서 피를 토해내며 쓰러졌다. 하지만 양팔에 들어간 힘은 여전히 굳세어서 무인을 놓아주지 않았다.

형영과 함께 쓰러진 무인도 입가로 가는 피를 흘려냈다. 안색은 밀랍(蜜蠟)처럼 핏기를 잃었고 두 눈은 위로 까뒤집혔다. 입은 한껏 벌려졌다.

재빨리 다가와 쓰러진 자의 목에 손을 대어본 무인이 고개를 좌우로 흔들며 말했다.

"죽었어."

"……."

잠시 침묵이 흘렀다.

무인들은 동문의 죽음이 믿기지 않는다는 표정이었고 대물을 비롯한 기녀들은 엄청난 사태에 숨소리조차 내지 못했다.

"흑! 흑흑!"

설향이 가는 오열을 터뜨렸다.

요빙은 멍한 표정으로 방에 쓰러진 두 사람을 바라봤다.

불곰은 죽는다.

그건 정해졌다. 벌써 죽었는지도 모른다. 끔찍한 공격을 그토록 당하다 쓰러졌으니 죽었을 게 틀림없다. 아직 숨이 붙어 있다고 해도 요행을 바라지는 못한다. 무인이 죽은 이상 남은 자들이 가만 내버려 둘 리 없다.

"시신을 꺼낼 수 없어. 이 자식 이거… 힘이 엄청난데?"

"관절을 부러뜨려!"

누군가가 소리쳤다.

형영의 팔을 풀어내리던 무인이 일어서서 발을 들어 올렸다. 형영의 팔목 관절을 찍어내리려는 행동이다. 그때,

"관절을 부러뜨리면… 넌 죽어."

소름 끼치도록 차디찬 음성이 무인의 등을 질타했다.

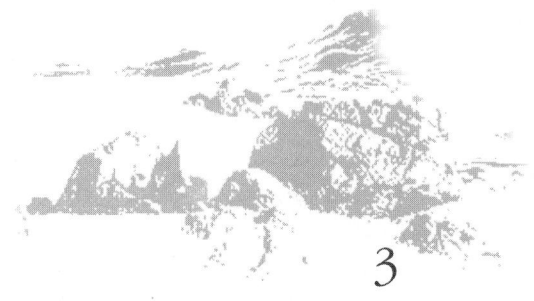

3

죽은 빛이 되살아나

음성은 일층에서 이층으로 올라오는 계단 끝자락에서 들려왔다.

그곳에 지금 막 이층으로 올라선 듯한 사내가 무인들을 쏘아보며 서 있었다.

몸에서는 싸움꾼 냄새가 물씬 풍긴다. 눈에서는 파란 독기가 일렁거린다. 파락호임은 분명하다. 한데 의외로 단정한 용모다. 파락호들에게서 으레 한두 개씩 찾아볼 수 있는 흉터도 없고 얼굴로 기를 죽이는데 아주 요긴한 우락부락한 인상도 아니다.

칠흑같이 검은 머리를 가지런하게 뒤로 묶어 깔끔한 인상이 한결 더했다.

입고 있는 허름한 옷만 벗어버리고 유삼(儒衫)을 입으면 영락없이 유생(儒生)이다. 비단옷을 걸치면 화화공자(花花公子)로 불려도 손색이 없다.

단단한 육체와 금방이라도 튀어오를 듯 날카로운 기세만 제거한다면 도저히 파락호로 볼 수 없는 인물이다.

"독사!"

요빙이 화들짝 놀라 소리쳤다.

나타난 사람은 요빙이 오매불망하던 독사다. 하지만 나타난 시기가 좋지 않다. 무인과 파락호의 싸움은 소리만 요란했지 싱겁기 이를 데 없다. 끝은 항상 정해져 있다. 파락호들이 망신창이가 되는 것으로. 한마디로 독사는 나타나지 말아야 할 곳에 나타났다. 독사가 날고 긴다 해도 무인을 상대로는 주먹 한 번 제대로 휘두르지 못한다. 불곰이 그렇지 않은가! 파락호들 사이에서는 누구도 무시하지 못하는 싸움꾼이지만 맥없이 나가떨어지지 않았는가!

잠깐 멈칫하던 무인이 나타난 사내를 힐끔 쳐다본 후 쾌속하게 발길질을 했다.

우둑!

형영의 팔목 관절에서 뼈 부러지는 소리가 둔탁하게 울려 나왔다. 그래도 숨이 끊어진 무인은 아직 형영의 품에서 빠져나오지 못했다. 그것은 누군가가 꺼내주기 전에는 불가능한 일이었다.

발길질을 한 무인이 하얗게 웃으며 말했다.

"죽는다고? 자, 관절을 부러뜨렸어. 어디 죽여보지 그래?"

그때 지금까지 기둥에 등을 기대고 비스듬히 누워 있던 사내가 그 모습 그대로 입을 열었다.

"후후후! 장수생(張秀生), 넌 실수했어. 저놈은 한 입으로 두말하는 놈이 아니거든. 죽인다면 죽이고 살린다면 살리는 놈이야. 옛날에 이런 말을 한 적이 있지. '다시 한 번 해. 이번에는 코뼈를 분질러 놓겠어 . 결국 내 코뼈는 분질러졌어."

사내가 고개를 쳐들었다. 그는 웃는 얼굴로 코를 만지작거리며 말했다.

"장수생, 알겠어? 우린 건드리지 말아야 할 자를 건드린 거야."

그의 코는 정상이 아니었다. 코뼈가 심하게 휘어져 전체적으로 영준한 용모인데도 불구하고 사납게 보였다.

형영의 팔을 부러뜨린 무인 장수생이 웃으며 응답했다.

"꼴을 보고 독사인 줄 직감했지. 저놈이 독사라는 놈이군. 소문치고 믿을 게 없다더니 정말 그렇네. 후후후! 한림(翰林), 실망했어. 겨우 저런 놈에게 코뼈를 상했다니. 하하!"

한림은 장수생의 비웃음 섞인 말을 웃음으로 받았다.

"지금이야 그렇지. 너도 육 년 전에는 장담하지 못했을걸?"

"하하하!"

장수생은 여전히 못 믿겠다는 듯 웃음을 터뜨렸다.

장수생이나 한림을 비롯한 백의(白衣) 무인 다섯 명은 모두 여유가 넘쳤다. 일행 중 한 명이 죽었지만 지금은 그런 사실조차도 잊은 듯했다.

한림이 천천히 일어나 독사에게 다가섰다.

"오랜만이다."

"무림문파에 입문했다는 소문은 들었는데… 뜻밖이네, 이런 곳에서 만나다니."

독사가 무표정한 얼굴로 말했다.

오래된 그의 버릇이다. 상대의 진의를 파악하기 전에는 얼굴에 감정을 드러내지 않는다. 싸움꾼으로 뼈를 다지는 동안 자연스럽게 붙은 습관이다.

"나라고 이런 데 오지 말란 법이 있나?"

"한(翰) 장주(莊主)의 장남이 올 곳은 아니지."

"이곳에 오면 다양한 방중술(房中術)을 마음껏 즐길 수 있거든. 그건 그렇고… 이제는 형이란 소리도 하지 않는 거냐?"

"나중에."

독사가 무뚝뚝하게 말했다.

한림이 희미하게 웃으며 되받았다.

"그 말은 먼저 할 일이 있다는 뜻으로 들리는데? 장수생과 싸울 건가? 내 생각에는 싸움이 안 될 것 같은데 말야."

"난 말했고 저자는 받아들였으니… 우리 둘 사이에 맺은 약속, 끝을 봐야지."

한림이 장수생을 보며 말했다.

"거 봐. 건드려서는 안 될 자를 건드렸다고 했지? 하하하! 아마 죽이겠다고 했지? 널 죽여야 직성이 풀리려나 봐."

장수생이 피식 웃으며 말했다.

"좋지. 날씨도 좋고 좋은 술도 거나하게 마셨고. 더러운 계집을 주물럭거려서 찜찜하긴 하지만 여색(女色)도 즐겼고. 이만하면 죽어도 웃을 수 있을 것 같지 않아?"

장수생이 양손을 활짝 펼쳐 보였다.

"쯧! 그래도 독사인데 조심하는 척이라도 하지. 난 빠질 테니까 잘해봐."

한림은 정말 한쪽으로 물러섰다.

독사는 뒷짐을 지고 천천히 걸었다.

그의 옷자락을 요빙이 움켜잡았다. 그리고 설향이 형영에게 했던 말과 같은 말을 했다.

"무모한 짓 하지 마. 싸우지 마. 알았어? 그냥 가."

형영이 처참하게 당했지만 복수를 한다고 당할 사내들이 아니란 걸 너무나 잘 알고 있다. 더군다나 상대는 한 명도 아니고 무려 다섯 명이나 된다. 일행 중 한 명이 죽어서 독기도 올랐다.

"많이 찾았다면서? 미안."

"지금 그런 말 할 때야? 무인들이야. 상대가 안 된다는 건 네가 잘 알잖아. 싸우면 넌 죽어."

사내는 매혹적인 웃음을 지었다. 입꼬리를 살짝 비튼 것에 불과한데 자신만만함이 묻어났다.

"이미 약속했어. 팔을 부러뜨리면 죽인다고."

"안 돼. 너 죽는 꼴은 못 보겠어."

"믿어봐."

"미친놈, 넌 미친놈이야."

요빙이 잡았던 옷소매를 놓았다.

독사는 마음먹어서 하지 않은 일이 없다. 유일한 장점이다. 또 유일한 단점이기도 하다. 지금과 같은 경우에는 단점으로 작용한다. 섶을 지고 불속으로 뛰어드는 불나방이나 다름없다. 하나 그것 역시 그가 이미 결정한 일인지 어떤 만류도 소용없다.

독사가 대물 앞에 섰다.

"여자를 모두 데리고 내려가. 불곰도."

"저, 저들이 가만있지 않을……."

"가만있을 거야. 데리고 내려가."

독사의 말에 기가 막힌 사람들은 무인들이다.

독사는 자신들을 안중에도 두고 있지 않다. 자기가 무슨 귀중한 인물이라도 되는 양 행세하고 있다. 무인들은 방약무인한 독사의 태도에 내심 분노했다.

장수생이 말했다.

"웃기는 놈이군. 뭐가 어쩌고 어째? 가만있을 거라고? 하하하! 우리가 왜 그래야 되지? 아, 파락호들 사이에서는 그래도 이름 좀 날렸으니 대접해 달라 이건가?"

"……."

독사는 대꾸하지 않았다. 쳐다보지도 않았다. 그는 기녀들이 내려가는 모습을 지켜보았다.

모두들 내려갔지만 두 여자, 요빙과 설향만은 내려가지 않았다.

독사는 그것마저 뭐라고 하지는 않았다.

대물은 꾸물거리기만 할 뿐 무인들 곁을 지나 형영에게 다가갈 생각을 하지 못했다. 보다못해 설향이 다가갔지만 중도에서 장수생에게 팔목이 붙들리고 말았다.

그가 말했다.

"저놈, 저놈보고 직접 와서 데리고 가라고 해."

그가 손가락으로 독사를 가리켰다.

독사는 마치 유람이라도 즐기는 듯 여유로웠다. 싸움에 임하는 모습은 어느 구석에서도 찾아볼 수 없었다. 안광(眼光)은 여전히 싸늘하고 날카롭게 폐부를 찔러댔지만 긴장은 엿보이지 않았다.

장수생과 손을 뻗으면 맞닿을 정도로 가까이 다가섰을 때에야 입을 열었다.

"여색을 즐겼다고 했는데… 상대가 누구였지?"

"뭐? 후후후! 그게 중요한가?"

"중요하지. 비웃을지 모르지만 내 여자도 이 방에 있었거든."

"하하하… 악!"

장수생의 웃음소리는 순식간에 비명으로 바뀌었다.

찰나간에 벌어진 일이다. 누구도 예측하지 못한 순간에 벌어진 사단이다.

독사는 장수생이 웃음을 터뜨릴 때 번개같이 뛰어올랐다. 그리고 옛날 한림에게 그랬듯이 이마로 얼굴을 들이받았다. 빠악! 하는 머리뼈 부서지는 소리와 장수생의 비명 소리는 거의 동시에 터져 나왔다.

독사는 얼굴을 움켜잡는 장수생을 확 밀쳐 버리고 재차 뛰어올랐다.

그가 노리는 상대는 장수생 옆에서 느긋하게 팔짱을 끼고 있는 자였다.

타타탁! 빠악!

허공에서 터진 삼진각(三振脚)은 번개를 능가할 만큼 빨랐다.

오른발, 왼발, 다시 오른발.

싸울 준비조차 하지 않고 있던 무인은 연이어 터진 삼각에 고스란히 얼굴을 내주었다.

그의 얼굴이 터진 꽈리처럼 붉은 피로 물들었다.

독사는 신형을 뚝 떨어뜨렸다. 몸을 지면에 닿을 정도로 낮게 숙이고 빙글 몸을 선회시켰다. 왼발을 축으로 오른발이 무인들의 하체를 노리고 쏘아져 갔다.

그러나 이번에는 무인들도 쉽게 당하지 않았다.

동문 두 명이 무너지는 시간 정도면 흩어진 경각심을 일깨우기에는 충분했다.

휘익!

한 명이 펄쩍 뛰어 독사의 옆에 내려섰다. 그리고 눕다시피 낮게 웅크린 독사를 향해 일수를 내려쳤다. 바위라도 부수듯이. 다른 자는 우각(右脚)을 쳐내 오히려 독사의 정강이를 노렸다.

독사는 우수(右手)로 바닥을 탁 치며 반동을 이용해 허공으로 솟구쳤다.

제일 먼저 발길이 닿은 곳은 탁자.

탁자를 디딤돌로 재차 솟구쳤다.

그가 나갈 곳은 없다. 탁자 너머는 육신으로 뚫고 나갈 수 없는 단단한 벽이다.

뚫고 나갈 생각도 없었다. 벽을 왼발로 차면서 빙글 몸을 돌려 오른발로 뒤쫓아오는 무인의 허리를 걷어찼다.

무인의 얼굴에 가는 미소가 어렸다. 독사의 행동은 그의 예측을 벗어나지 못했다. 독사가 벽을 향해 신형을 날릴 때부터 이런 공격을 예상하고 쫓았다.

쉬이익!

왼손을 안에서 바깥으로 휘둘러 독사의 발을 쳐냈다. 동시에 진기가 주입된 오른손으로는 가슴패기를 내질렀다.

퍼어억!

기분 좋은 감촉이 느껴졌다.

오른손은 여지없이 가슴을 가격했고 독사는 즉사했거나 가슴뼈가 부러지는 극심한 중상을 입었으리라.

그러나 이번 생각은 빗나갔다. 독사는 가슴을 가격한 손을 붙잡고 아래로 확 잡아당겼다.

"엇!"

무인의 신형은 화살 맞은 기러기처럼 뚝 떨어져 내렸다.

독사는 그걸 노렸다. 앞으로 고꾸라지는 무인의 등 뒤로 몸을 날리며 양손을 힘껏 쳐냈다.

퍼억!

육장이 살갗을 두들기는 소리는 경쾌했다. 반대로 가격당한 무인은 바닥에 내려서서도 급살이라도 맞은 사람처럼 몇 번 꿈틀꿈틀하더니 풀썩 무너졌다.

떼구르르…….

독사는 발이 지면에 닿자마자 몸을 둥글게 말아 서너 바퀴 구른 후 몸을 일으켰다.

남은 무인은 쫓아오지 않았다. 어처구니없다는 표정으로 쓰러진 자들과 한림만 번갈아 쳐다봤다.

그가 말했다.

"무공… 익히지 않은 것 맞아?"

한림에게 묻는 말이다.

독사의 몸놀림은 무공을 익히지 않았다고 믿기에는 터무니없이 빠르고 날렵했다. 그것은 그렇다 쳐도 마지막에 등 뒤로 떨어지며 양수로 등 뒤 요혈(要穴)을 가격한 수법은 분명히 무공이다.

"죽었어."

한림이 신음하듯 말했다.

장수생의 맥을 살펴본 후에 한 말이다.

얼굴에 삼각을 얻어맞은 자도 살펴봤다. 희미하게나마 맥이 뛰고 있다. 하지만 얼굴색이 검푸르게 변하면서 점점 부어오르는 것이 살기는 힘들 것 같다.

한림은 이어서 등 뒤를 가격당한 무인을 살폈다. 독사나 무인에게는 눈길도 주지 않았다.

"비, 빌어먹을! 이, 이게 무슨 무공……."

등 뒤를 가격당한 무인은 숨을 쉴 뿐만 아니라 말까지 했다.

"정말 더럽네. 이렇게 바닥을 핥는 신세가 될 줄이야. 뭐야, 도대체? 뭐가 어떻게 된 거야? 아픈 데는 없는데 몸이 전혀 움직이지 않아. 점혈(點穴)이라도 된 건가? 저놈이 점혈법까지 알아?"

한림은 대답해 주지 못했다.

그는 잘못 알고 있다. 실제로 그의 상태는 상당히 중했다. 그가 느끼고 있는 것처럼 아무 이상이 없는 것이 아니라 등뼈가 완전히 부서져 나갔다.

앞으로 그는 손가락 하나 움직이지 못하는 신세가 될 것이다. 그가 움직일 수 있는 부분은 목 위가 전부이니 말하고 보고 듣는 것이야 상관없겠지만 남의 손을 빌리지 않으면 음식조차 먹지 못할 게다.

통증이 지나치면 아픔도 느껴지지 않는다. 육신이 마비되어 버린다. 지금 그가 그런 상태다.

"이 점혈은… 내 무공으로는 풀 수 없을 것 같아. 잠시만 참고 있어. 바로 끝내고… 사부님께 데려갈 테니까."

"제길! 꼴 좋게 됐네. 세 명은 죽고 한 명은 점혈당하고, 하! 사부님께 뭐라고 하지? 겨우 저런 놈에게 이렇게 당했다면……. 제길! 어쩐지 여기 오자는 말을 들었을 때부터 꺼름칙하더라니. 자미루(紫薇樓)로 갔

어야 하는 건데. 어서 빨리 끝내기나 해. 답답해 죽겠어. 창피하기도
하고."

한림은 일어섰다.

기가 막히지만 현실은 현실이다.

독사는 형영의 상태를 살펴보는 중이었다. 옆에 호시탐탐 기회를 엿
보는 무인이 있지만 안중에도 없다는 듯 태연히 살폈다.

그의 등 뒤로 한림의 음성이 들렸다.

"무공은 언제부터 익힌 거냐?"

"……."

독사는 대답하지 않았다.

그럴 정신이 없었다. 무인에게 당한 일격은 상당히 컸다. 파락호들
에게 주먹질 한 번 당한 것과는 유(類)가 달랐다. 입을 열기만 하면 피
가 쏟아져 나올 것 같았다.

형영의 상태도 아주 중했다. 갈비뼈가 대여섯 대는 부러진 것 같고
내장도 파열된 듯싶다.

'빨리 치료하지 않으면 죽어.'

다급했다. 난관은 또 있다. 어떻게든 홍루에서 데리고 나가야 하는
데 황소만한 형영을 움직일 만한 사람이 없다. 더군다나 형영의 몸 상
태는 함부로 움직일 수도 없게 만든다. 운반 중에 자칫 내장이라도 건
드리면 돌이킬 수 없는 화가 미친다.

'싸울 상대하고 싸워야지. 미친놈, 힘만 믿더니. 촌각도 지체할 수
없어. 지금 당장 움직여야 해.'

어렸을 때는 형의 몫을 했고 성장한 후에는 절친한 친구가 되어준
형영의 중상은 독사의 마음을 아리게 했다.

하지만 비정한 현실은 그를 비탄에 잠길 시간을 오래 주지 않았다. 그에게 형영을 움직일 여유는 더 더욱 주지 않았다.

쉬이익!

'이런!'

독사는 본능적인 감각으로 등 뒤에서 불어오는 매서운 바람을 느꼈다. 생각할 여유도 없었다. 느낌이 이는 순간 옆으로 떼구르르 몸을 굴렸다.

퍼억!

독사를 노리고 날아들던 일각(一脚)이 중상을 입고 혼절해 있는 형영의 복부를 짓쑤셨다.

움직이는 것조차 조심해야 할 형영이다.

무인을 나무랄 수는 없다. 자신은 세 명이나 목숨을 끊었고 다른 한 명은 병신을 만들었다. 하지만… 무인이라는 작자들이 비겁하게 등 뒤를 공격한 것만은 용서할 수 없다.

사실 그가 안심하고 형영을 살핀 것도 무인의 도덕심을 믿었기 때문이다. 뒤통수에 눈이 달려서가 아니다. 적어도 무공을 익힌 무인이라면 파락호들이나 저지르는 기습을 할 리는 없다고 생각했다.

그것이 실수다.

"비겁한……."

분노를 토해내고 싶었지만 그러지도 못했다.

쒸익! 쒸이익!

무인의 손에서 매서운 경풍(勁風)이 일었다.

그는 날이 시퍼런 비수까지 들었다. 살기를 일으켜도 아주 크게 일으킨 것이다.

독사는 몸을 피하기에 급급했다.

조금 전과는 판이하게 다른 상황이다. 독사의 몸놀림에서는 빠름도, 무공과 버금가는 경이적 수법도 보이지 않았다.

'몸에 힘이 들어가지 않아. 일격을 몸으로 받은 게 잘못이야.'

하지만 같은 상황이 재연되었어도 독사는 또 똑같은 수법을 사용했을 게다. 무인과의 싸움은 기습을 제외하고는 승산이 없으니까.

'피하기만 하다가는 당한다. 좋아, 살을 주지.'

쉭! 쉭쉭!

단검이 아슬아슬하게 몸을 비켜갔다. 비켜갔다고는 해도 완전히 빗나간 것은 아니다. 무인의 손이 한 번 허공을 휘저을 때마다 독사의 허름한 옷은 누더기가 되었고 육신에는 혈선(血線)이 그어졌다.

"후후! 너무 싱겁잖아. 아까처럼 날뛰어봐. 그래야 재미있지."

조금 여유가 생긴 무인이 빈정거렸다.

독사는 혈인(血人)이 되어 물러섰다. 대답할 여력도 없어 보였다. 육신을 그어대는 단검에 그나마 치명상을 입지 않은 것만도 다행으로 보였다. 그때,

"유근국(劉根菊)! 안 돼! 물러섯!"

한림이 다급하게 외쳤다. 더불어서 여섯 간이나 되는 공간을 단숨에 좁혀왔다.

무인의 단검이 찰나에 불과하지만 잠시 멈칫했다. 그 순간 독사는 몸을 아주 바닥에 닿을 정도로 낮춘 후 퉁기듯 솟아올랐다.

뻐억!

아래에서 위로 올려친 주먹에 턱을 정통으로 얻어맞은 무인이 휘청거렸다.

퍼억!

제이타가 안면에 작렬했다.

무인은 첫 번째 공격에서 정신을 잃었다. 그리고 이어진 두 번째 공격에서 아랫턱이 박살났다.

퍼억!

제삼격이 명치에 가해졌다.

중지일지권(中指一指拳). 중지 가운뎃마디 관절이 앞으로 튀어나온 주먹에 명치를 가격당했으니… 운 좋으면 기절이고 운 나쁘면 사망이다.

한림이 다가서려다 멈칫 섰다.

"전부터 알았지만… 기습에는 천재군."

"부탁 하나 하자, 형."

독사의 전신은 붉은 피로 물들었다. 전신을 가시 돋친 채찍으로 두들겨 맞은 형상이었다.

"형? 후후후! 그 말을 들으니 우습군."

"오늘은 이쯤 끝내. 형하고 싸우고 싶지 않아."

"하하! 나하고 싸우고 싶지 않다. 좀 더 솔직해지지 그래? 지금 싸울 형편이 아니라고. 내 경험에 비추면 아마… 주저앉고 싶을걸? 많이 당했잖아? 불곰도 치료해야 되고 말야."

"……"

"하지만… 미안하게도 난 널 보낼 수 없어."

"……"

"오래 기다렸다. 코뼈가 주저앉은 순간부터 오늘까지. 마음이 약해질 때마다 동경(銅鏡)을 쳐다보며 이를 악물었지. 육 년 세월이면… 이

만하면 웃으면서 잡을 수 있겠다고 생각했는데 너도 꽤 늘었군."

서로가 피할 수 없는 싸움을 직감했다.

구원(舊怨)이다. 구원이 오늘날까지 이어져 두 사람 눈에서 불똥을 튀게 만들고 있다.

"그때는 실수였어."

"그래, 실수. 실수, 좋은 말이지. 하지만 내 얼굴이 이렇게 된 건 실수가 아냐. 나도 오늘 실수 좀 하지."

"……."

"처음 두 명은 기습. 그건 생각할 것도 없고. 완제림(阮齊林)을 저렇게 만든 것은 유일한 필살초(必殺招). 그것도 상대가 몰랐을 때만 사용할 수 있지. 어때? 이만하면 무공을 배운 효과가 있지?"

"대물! 불곰을 옮겨!"

독사는 다급했다. 형영의 상태는 일각이라도 지체하면 안 된다.

자신은 한림에게 잡혔으니… 한림은 지금까지 상대했던 무인들과는 다르다. 다른 무인들과 무공은 비슷할지 모르지만 그는 자신을 알고 있다. 무공을 익히지 않은 파락호라고 방심하지도 않는다.

한림은 치밀한 자다. 자신이 요락에 자주 들른다는 정보를 얻었고 확실한 준비를 갖춘 후에 찾아온 것이다. 그렇다. 우연히 만난 것이 아니라 치밀한 준비 끝에 만난 것이다. 무인 다섯 명이 파락호 한 명 때려잡는 데 동참했을 정도니.

한림은 잔혹한 자다. 지금까지 상대했던 자들은 한림의 이용물에 지나지 않는다. 그들은 파락호 한 명 때려잡자는 말에 웃으며 달려왔겠지만… 한림은 다르다. 그는 항간에 떠도는 독사에 대한 소문을 무시하지 않았다. 그래서 처음부터 손속을 마주치지 않고 실력이 어느 정도인지 꼼꼼히 살펴봤다.

지금 그가 나섰다. 잡을 수 있다는 확신이 선 게다.

참 속 좁은 인간이다. 아무리 코뼈가 부러졌다지만 어렸을 적 일을 아직까지 잊지 않고 있었다니.

어쨌든 쉽게 빠져나갈 생각은 버려야 한다.

"유근국을 상대한 것 역시 기습. 상대할 수 없는 것처럼 검을 맞아 주다가 유근국이 살초를 전개하려고 바짝 다가선 순간 기습했어. 기습을 빼고는 별 볼일 없군."

독사의 눈빛이 샛별처럼 반짝였다.

그렇게 생각한다면 승산이 있다. 지금까지 싸워온 많은 자들이 비슷한 소리를 했다.

"기습에 당했어. 제길!"

"이번에는 졌지만 다음에는 이길 수 있을 것 같아. 유리했는데 한순간의 방심이……."

문제는 형영이다.

한림의 등 뒤로 보이는 광경은 썩 좋지 않다.

대물과 설향이 어떻게든 형영을 움직여 보려고 용을 쓰지만 형영은 못 박힌 듯 꼼짝도 하지 않는다. 요빙이라도 한 팔을 거들면 좋으련만 그녀는 무릎을 꿇은 채 자신만을 쳐다보고 있다.

'빨리 끝내야 해, 기왕 싸워야 한다면!'

독사는 처음으로 살의(殺意)를 느꼈다. 수많은 싸움을 치렀지만 누구를 죽여본 적은 없다.

이번 싸움에서 첫 살인을 했다.

사람이 죽었다. 자신에게 맞아 죽었다. 하지만 사람을 죽였다는 의식도 없었다. 아직 싸움이 끝난 게 아니니까. 아마도 이 싸움이 끝나면 죽은 자들을 위해 향이라도 피우게 될지 모른다.

그들이 무인만 아니었어도 과수(過手)를 사용하지는 않았을 텐데.

한림은 다르다. 죽이고 싶다. 싸우기 전부터 상대를 죽이고 싶은 마음이 든 것은 이번이 처음이다.

살의가 일자 몸도 따라 일어났다.

쒜에엑!

선공(先攻)을 취했다. 한림에게 바싹 다가서 거리를 빼앗았다. 무인에게 거리를 준다는 것은 그나마 있을지도 모를 단 한 대의 가격마저 포기하는 격이 된다.

"하하!"

한림이 그럴 줄 알았다는 듯 웃어 젖혔다. 하지만 반응은 무인답게 기민했다. 순간적으로 횡마보(橫馬步)를 취하며 일권을 뻗어냈다. 아니다. 그가 뻗어낸 일권은 독사의 일권을 위로 쳐드는 역할만 했을 뿐이다.

파앗!

섬광이 인다 싶었는데 어느새 다가온 일장(一掌)이 가슴패기를 후려쳤다. 한림은 횡마보에서 삽보(揷步)로 자세를 바꾼 후였다.

'빠르다!'

독사는 이를 악물어 고통을 참아냈다. 조금 전에 이어 지금… 연달이 두 번이나 가슴을 가격당했다. 그것도 쇠뭉치와 버금가는 장공(掌功)으로.

가슴뼈가 산산이 부서지는 듯 엄청난 통증이 치밀었지만 인상이라도 찌푸릴 여유조차 없다.

독사는 한 걸음 더 가까이 다가섰다.

한림은 쾌속하게 삽보에서 허보(虛步)로 변환시키며 독사의 옷소매를 붙잡았다.

휘익!

독사는 오른팔에서 전해진 항거하지 못할 힘에 이끌려 허공으로 달려 올라갔다.

너무도 빠르고 정교하며 강한 손속이다.

옷소매를 붙잡자마자 허공으로 날려 버린 목적은 둘 중 하나다. 하나는 동작 그대로 벽 같은 곳에 패대기치는 경우이고 또 하나는 제이격을 가하기 위한 준비다.

한림은 후자였다.

파아악!

허공에 띄워져 행동의 자유를 잃은 독사를 향해 매서운 발길질이 날아들었다.

뭐라고 하더라? 무인들은 이런 각법(脚法)을 두고 이기각(二起脚)이라고 하던가?

퍼억!

발길은 사정없이 옆구리를 파고들었다.

독사는 실 끊어진 연처럼 재차 띄워졌다. 기어이 입에서 피화살이 쏟아져 나왔다.

예상은 했지만 무인과의 싸움은 기습없이는 승산이 없다. 같은 순간에 주먹을 내뻗어도 무인이 훨씬 빠르고 같이 몸통을 때려도 무인의 손길이 훨씬 강하다.

무인에게 특별한 은총이 내려서가 아니다. 그들은 하루 온종일 오로지 무공만 수련한다. 그 덕분이다. 싸움꾼이 타고난 싸움 감각으로 손발을 놀린다면 무인은 타고난 감각에 체계적으로 정리된 초식(招式)을 수련한다. 그 덕분이다.

한림은 독사의 옆구리를 가격하는 순간 희미한 미소를 지었다.

승부는 끝났다. 수천 번, 수만 번 권고(拳藁:권법 수련을 위해 땅에 박아 놓은 나무)를 두들기며 수련한 각법에 격중당했으니 갈비뼈 서너 대는 부러져 나갔을 것이다.

그는 맥없이 떨어져 내리는 독사의 상의를 잡아챘다. 수도(手刀)에서 손가락 관절을 오므린 평권(平拳)이 독사의 목 울대를 노렸다. 마지막 일격이다.

그때 그는 독사의 냉정한 눈빛을 보았다. 고통으로 찌든 눈빛은 절대 아니었다.

"엇!"

등줄기에 소름이 쭉 돋으면서 위험하다는 경각심이 들었다. 하지만 늦었다.

독사는 이마로 평권을 받아냈다.

뻐아악!

"윽!"

한림은 손가락 관절 마디마디가 모조리 부서지는 충격을 받았다.

이럴 수는 없다. 부딪치는 것마다 모조리 부숴 버리는 평권이 살과 뼈로 이루어진 인간의 이마에 밀린다는 것은 있을 수 없다.

한림이 충격을 이기지 못하고 손을 내릴 때 독사는 뒷머리를 치 올리며 한림의 턱을 올려쳤다.

으득!

한림의 이빨은 산산조각났다. 더욱 불행한 것은 부러지는 이빨 사이에 혀가 끼어 있었다는 점이다.

"이이……."

말도 제대로 잇지 못하는 한림의 얼굴에 무쇳덩이처럼 단단한 발뒤꿈치가 틀어박혔다.

한림은 비명도 지르지 못한 채 풀썩 주저앉았다. 그의 코뼈는 얼굴 속으로 함몰된 상태였다.

第二章

강풍(强風)에 휘날리는 가랑잎

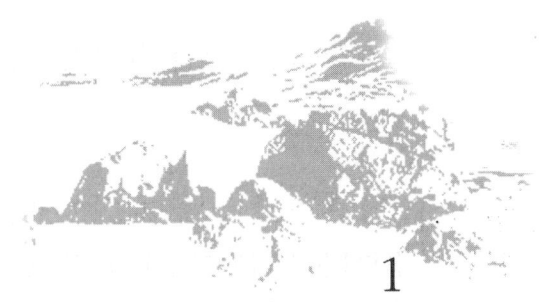

1

강풍(强風)에 휘날리는 가랑잎

독사는 한림을 쳐다볼 생각도 못했다.

그가 죽었는지 살았는지 확인할 힘도 없었다. 옆구리와 가슴에서 전해지는 통증은 지금까지 입어본 상처 중 최악이었다. 본인 스스로도 어느 정도나 당했는지 짐작할 수 없었다.

걸음을 뗐다.

한 발짝, 또 한 발짝⋯⋯.

누군가 와서 팔을 들어 어깨에 걸머 멨다.

"누, 누구⋯⋯?"

아무 생각도 나지 않았다. 그저 아무 곳이나 몸을 누이고 푹 잠들고 싶다는 생각밖에는.

"나야."

"요⋯⋯ 빙."

"정신 차려! 정신 잃으면 안 돼. 살려면 단단히 정신 차려. 알았어, 미친놈아?"

"큭큭!"

"웃는 걸 보니까 아직 덜 맞았…… 엇!"

요빙은 말을 잇다 말고 독사와 함께 풀썩 무너졌다. 그녀의 가녀린 몸으로는 전신을 기대오는 사내의 묵중한 체중을 감당할 수 없었다.

"일어낫! 안 돼! 정신을 잃으면 안 된단 말야!"

그녀의 애타는 고함은 공염불에 불과했다. 독사는 이미 정신을 놓은 후였다.

대물은 일층으로 뛰어내려 가 술 취한 자들을 깨웠다.

"왜 그래, 귀찮게? 잠 좀 자자."

패거리들은 좀처럼 일어날 생각을 하지 못했다. 하기는 이층이 그토록 소란스러운데도 코까지 골며 꿈속을 헤매던 자들이 쉽게 일어날 리 없다.

대물은 뺨을 사정없이 후려쳤다.

쫘악! 쫘아악!

경쾌한 격타음이 터졌다.

대물은 자신이 생각해도 상당히 세게 때렸다. 잠을 깨우려는 것이 아니라 원한에 사무쳐 뺨을 올려친 것처럼. 그럴 수밖에 없었다. 지금은 목숨이 왔다 갔다 하는 판국이 아닌가?

"뭐, 뭐야!"

"어떤 새끼야!"

꿈나라에서 깨어날 생각을 하지 않던 파락호들이 뺨을 얻어맞자 언제 잠들었나 싶게 벌떡 일어났다. 그들은 방금 잠에서 깨어났으면서도 벌써 싸울 태세를 갖췄다. 그들 중 한 명은 굳게 말아 쥔 주먹으로 대물을 후려치려다 상대가 대물인 것을 알고 황급히 손을 거뒀다.

"너 이 새끼, 뒈지려고……."

"시끄럿! 빨리 따라왓!"

대물은 그들을 상관하지 않고 단숨에 이층으로 뛰어올라 갔다.

"저 새끼가 미쳤나? 저거 왜 그래?"

파락호들은 고개를 갸웃거렸다.

대물이 파락호들 틈에 낀 것은 싸움을 잘해서가 아니다. 대물은 싸움판에는 단 한 번도 끼지 못한 약골이다. 오로지 잔머리 하나 때문에 같이 어울렸다. 골치 아픈 일이 생기거나 관원과 문제라도 생길 때면 그의 잔머리가 상당한 도움이 되었다.

당연하지만 그는 파락호들에게 함부로 대하지 못했다. 놀려대면 놀림을 받았고 한 대 쥐어박으면 웃고 마는 정도였다.

그런 그가 뺨까지 때리고 사정 이야기도 하지 않은 채 달려가고 있다.

'싸움이 벌어졌어!'

파락호들은 직감적으로 느꼈다. 그들은 조금도 지체하지 않고 대물을 따라 이층으로 올라갔다.

파락호들은 입을 쩍 벌렸다.

백의를 입은 사내들이 여럿 쓰러져 있는 모습은 놀랍지 않다.

형영이 있지 않은가. 역발산 장사 형영이 싸움을 벌였다면 상대가 누구인지는 몰라도 피곤죽이 되어 쓰러져 있는 것은 당연하다.

그러나 형영도 쓰러져 있다. 커다란 덩치가 팔이 완전히 부러진 채 축 늘어져 있다.

놀람은 거기서 그치지 않았다.

깜짝 놀라 달려가던 그들은 요빙을 보았고 그녀의 품에 잠든 듯 기대있는 독사도 보게 되었다.

"이, 이게……!"

기가 막혀 말도 나오지 않았다. 형영이 쓰러져 있는 것만도 놀랍기 이를 데 없는데 독사까지 혼절해 있다니! 입에서 피를 흘리는 것으로 보아 상당히 다친 것 같지 않은가! 도대체 어떤 놈들이 독사를 이 지경으로 만들 수 있단 말인가? 독사가 누군데.

"빨리 이 자리를 벗어나야 해! 빨리 서둘러!"

대물이 빠르게 지시했다.

싸움은 못하지만 머리 하나는 기가 막히게 잘 돌아가는 대물이다.

"아, 알았어."

파락호들이 우르르 달려들어 형영을 들쳐 업었다.

한 명으로는 어림도 없었다. 한 명이 등을 대주고 다른 두 명이 곁에서 부축한 다음에야 질질 끄는 볼썽사나운 모습으로나마 움직일 수 있었다.

그러나…… 그들은 몇 걸음 걷지 않아 걸음을 멈췄다.

"이게 도대체…… 미치겠군."

팔자수염을 멋들어지게 기른 중년인이 인상을 찡그렸다. 고개를 살래살래 흔들기까지 했다.

싸움이 벌어졌을 때는 쥐 죽은 듯 숨어 있던 자들이 이제야 모습을 드러낸 것이다.

"어디로 가야 하지?"

발걸음을 옮기려니 갈 곳이 없다.

집으로는 갈 수가 없다. 멍청이가 아닌 다음에야 죽을 줄 뻔히 알면
서 집으로 갈 수는 없다.

한적한 곳을 생각해 봤다. 산신각(山神閣)이나 칠성각(七星閣)도 떠
오르고 산속에 있을 법한 동굴도 생각했다. 하지만 모두 아니다. 무천
문 무인들이 나선다면 영은촌(寧殷村)을 중심으로 반경 이십 리 안쪽은
모두 위험하다.

'휴우! 우선 독사와 불곰을 치료해야 되니 멀리 갈 수도 없고……
가까우면서도 은밀한 곳…….'

요빙을 쳐다봤다. 설향도 쳐다봤다. 그녀들에게 도움을 청할 수는
없을까? 아니다. 그녀들 역시 뾰쪽한 수가 있을 리 없다. 그녀들 집도
수색 대상에서 벗어나지 못한다.

"우선은… 한천교(瀚川橋)로 가지."

"한천교? 너무 위험하지 않을까?"

사팔이 말했다. 눈이 사팔뜨기라서 사팔이라고 부르는 자다.

"방법이 없잖아, 치료는 해야 하니까. 먼저들 한천교로 가 있어. 난
의원을 모시고 갈게. 사람 눈에 띄지 않도록 조심해서 움직여야 돼."

대물이 당부할 틈도 없었다.

겁에 질린 파락호들은 벌써 몸을 움직이고 있었다. 등에 업은 불곰
이 너무 무거운지 땀을 뻘뻘 흘리면서.

"허어, 내참…… 독사도 이렇게 당할 때가 있구먼. 어느 패거리에게
당한 거야?"

"상처나 봐주쇼."

대물은 의원이 못 미더웠다. 술에 절어 사는 사람이라 파락호들 아니면 밥 세 끼조차 제대로 찾아먹지 못하는 곤궁한 사람들이나 찾는 의원이다. 하지만 지금은 방도가 없다. 소문 나지 않게 치료해 줄 사람은 이자밖에 없다.

"독사가 이 지경이라 궁금해서 묻는 것 아닌가. 너무 심하게 다쳤어. 이 가슴을 만져 봐. 아예 뼈가 없는 것처럼 말랑말랑하잖아. 쇠몽둥이로 얻어맞았나……?"

의원은 상처를 살피면서 연신 중얼거렸다.

형영과 독사 둘 다 중상이었다.

의원은 내상단(內傷丹)이라며 검은색 환단(丸丹)을 물에 풀어 입에 흘려 넣었다. 환단에서는 발꼬랑내 비슷한 냄새가 풀풀 풍겼다. 그리고 부목을 대고 광목으로 둘둘 말았다. 그것이 치료의 전부였다.

그랬다. 파락호들이 부상을 당하면 치료법이란 것은 으레 환단 한 개와 뼈 부러진 곳을 맞춰주는 것이 고작이었다.

당한 사람만 골병드는 것이다.

"이걸 두 시진마다 한 번씩 풀어 먹여. 몸이 움직이지 않게 단단히 동여놨지만 혹 도망갈 일이 생긴다면 너희만 도망가. 독사와 불곰은 움직여서는 안 되네. 절대로. 여기서 움직이면 끝장이야."

"살 수는 있겠소?"

"내가 뭐 천신(天神)인가, 그걸 알게? 이삼 일이 고비야. 죽을 것 같으면 그 안에 죽겠지. 불곰이야 워낙 힘이 장사니 어떻게든 이겨내겠지만 독사가 문제야. 너무 심하게 당했어."

"그까짓 상처쯤은……."

"외상(外傷)이야 별것 아니지. 내상이 문제지. 부러진 뼈가 폐를 건드리지 않은 것만도 다행으로 여겨야 돼. 휴우! 그럼 난 가네."

의원은 호로병을 꺼내 독주(毒酒) 두어 모금을 들이킨 후 일어섰다.

셈은 하지 않았다. 셈은 항상 나중에 여유가 생기면 하곤 했다. 하지만 이번에는 동전 한 닢도 받지 못할 게다. 독사가 이 정도로 당했다면 당분간은 도망 다녀야 할 것이기 때문에.

요빙은 허리를 숙여 독사의 입에 입을 맞췄다. 그리고 일어섰다.

"가봐야겠어."

새벽빛이 어둠을 뚫고 부유스름 밝아왔다. 멀리서 닭 울음소리가 들려왔다. 오늘도 얼마나 더우려는지 한천에서는 물안개도 피어나지 않았다.

"여기 있는 게 나을 텐데요."

대물이 따라 일어서며 만류했다.

"아냐. 내 몸 생각한다고 애들을 그냥 놔둘 수는 없잖아."

"요락으로는……."

"알아. 안 가. 장가림도 우릴 찾지 않을 거야. 빨리 짐 꾸려서 어디론가 피해야지. 짐이랄 것도 없지만."

"그래요. 애들만 데리고 오세요."

요빙은 옅은 웃음을 지어 보였다.

한천교 다리 밑으로 올 수는 없다. 그다지 크지도 않은 다리 밑에 젊은 사람들이 바글바글 모여 있다면 그거야말로 이목을 끌어당기는 꼴이다.

어디론가 가야 한다. 무천문 무인들이 발 벗고 나설 테니 그들의 눈길이 닿지 않는 먼 곳으로 피해야 한다. 그렇지 않으면 자칫 아이들까지 다칠 수도 있다.

대물도 그런 점을 알고 있다.

"독사…… 몸조리 잘 시켜. 꼭 살려야 돼."

요빙은 대물의 마음을 편하게 해주었다.

"그래야죠. 독사를… 한 번은 봐야죠."

"인연이 닿으면."

요빙은 힘없이 발걸음을 떼어놓았다. 그것도 잠시, 그녀는 두 손으로 얼굴을 감싸고 달음박질쳐 사라져 갔다.

이별은 요빙만의 문제가 아니었다.

허벅지에 형영의 머리를 받치고 있던 설향도 가만히 머리를 내려놓고 일어섰다.

모두들 알고 있다.

이것이 어쩌면 살아생전 마지막 만남이 될 수도 있다. 두 번 다시 못 보게 될지도 모른다.

설향은 머리에서 비녀를 뽑아 형영의 가슴 안섶에 넣었다.

가슴을 두어 번 쓸었다. 영원히 기억하겠다는 듯 천천히… 천천히 쓸었다. 그리고 조용히 일어나 한천교를 떠나갔다.

'소홍……'

대물은 소홍에게로 생각이 미쳤다.

소홍은 난방에 있지 않았다. 그녀는 싸움과는 무관한 죽방(竹房)에 있었다. 그래서 데려올 수 없었다. 그녀가 죽방에서 나와 어느 방에서 누구와 잠들어 있는지 알지 못하니 데려오고 싶어도 데려올 수 없었다. 방이란 방을 모두 뒤질 수도 없고 또 그만한 시간도 없었고.

'빨리 피해야 하는데……'

무천문 무인들은 틀림없이 요락 주인부터 다그칠 게다. 가장 기본적인 첫 물음이 어느 놈이냐는 것이다. 그 물음 속에 자신의 이름도 거명될 것이 자명하다.

이름을 알아냈으면 자연적으로 이어지는 행동은 주변 인물들을 다그치는 일이다.

소홍이 걸려들지 않을 리 없다.

생각이 거기에까지 미치자 마음이 조급해져 가만히 앉아 있을 수 없었다.

"모두 꼼짝 말고 있어. 난 좀 나갔다 올게."

"어딜 가려고? 괜히 나다니지 마."

쇠스랑이 인상을 험악하게 찡그리며 말했다. 싸움이 있을 때는 꼭 쇠스랑을 휘두르는 통에 별호도 쇠스랑이 되어버렸다.

"걱정하지 마, 알아서 할게."

대물은 요락으로 돌아왔다.

들어가지 않고 멀찌감치서 요락의 동정을 살폈다.

요락은 조용했다. 싸움이 전혀 없었던 것처럼, 사람이 죽기는 했냐는 듯 고요 속에서 새벽을 맞이했다.

'소홍을 불러내야 되는데…… 눈치없는 계집 같으니. 싸움이 벌어졌으면 빨리 몸부터 빼내야지 뭐 하는 거야?'

마음은 조급했지만 달리 할 게 없었다.

지금 안으로 들어선다면 요락을 지키는 파락호들에게 몰매만 맞을 게다.

지금은 아까 떠날 때와는 사정이 또 다르다.

머리 하나는 자신있다던 대물이지만 지금은 딱히 떠오르는 생각이 없었다. 그때,

두두두두……!

새벽의 고요를 뚫고 힘차게 내딛는 말발굽 소리가 들려왔다.

장가림은 자신이 일러준 대로 빨리도 움직였다. 정말 자신들이 피하거나 말거나 이층에서 내려가는 즉시 무천문에 사람을 보낸 것 같다. 치달려오는 말들에 무천문 무인이 타고 있다면……. 무천문까지 오고 가는 시간을 추산하면 얼추 비슷하다.

두두두두두……!

대물이 숨어 있는 골목 앞으로 무천문 무인들이 날렵하게 말을 몰며 스쳐 지나갔다.

'치잇! 틀렸어.'

대물은 벽에 등을 기대고 떠오르는 아침 해를 바라봤다.

'이제는 정말 소홍의 운명에 내맡기는 수밖에 없어. 제길! 어젯밤까지만 해도 영원한 반려자라고 생각했는데…… 몸이나 성해야 될 텐데. 소홍…… 잘해야 돼. 지금까지처럼 징그럽게 욕해, 양물도 변변치 못한 놈이라고.'

마음이 착잡했다.

이별은 대물에게도 일어났다.

2

강풍(强風)에 휘날리는 가랑잎

장가림은 숨도 쉬지 못했다.

사람이 칼에 찔려 죽는 것도 보았고 맞아 죽는 것도 보았다. 나름대로 세상 험한 꼴은 볼 것 못 볼 것 다 보았다고 생각했다.

그런데 아니었다. 무천 무인들은 색다른 경험을 주었다.

말을 타고 온 무천 무인 다섯 명은 죽은 무천 무인들과는 달랐다.

우선 이들은 검을 패용하고 있다. 무천문에 입문한 지 오 년 이상 된 자들로 무재(武才)가 뛰어난 자들이다.

그런 점은 아무래도 상관없다. 장가림을 숨죽이게 만든 것은 요락을 짓누르는 무거운 침묵이다.

무천 무인들은 요락에 들어서는 순간부터 한 시진이 지난 지금까지 단 한 마디도 하지 않았다. 묻는 것도 없었고 자신들끼리 쑥덕거리지도 않았다.

그들은 시신만 살폈다. 손도 대지 않은 채 부러지고 찢어진 부분을 살폈다. 간혹 손을 대는 경우가 있기는 했지만 가급적이면 원형이 훼손되지 않게 손가락 끝으로 살짝 건드려 보는 것에 불과했다.

사람이 어떻게 죽었는지 살펴보는 것이라면 쓱 훑어보기만 해도 충분하다. 맞아 죽었다. 어떤 수법으로 죽었는지 살펴보는 것이라도 한 시진은 너무 길다. 차라리 시체를 살펴보느니 목격자를 찾는 쪽이 더 빠를 수도 있다.

무천 무인들은 그러지 않았다. 시체에 보물이라도 숨겨져 있는 듯 살피고 또 살폈다.

장가림을 비롯한 장정 십여 명은 숨죽인 채 그들의 행동을 지켜볼 수밖에 없었다.

그는 생각했다.

'난 모르는 거야. 내가 이층에 올라왔을 때는 싸움이 끝났어. 난 바로 무천에 알렸고… 내 할 일은 다 한 거야. 사실 난 아무 죄도 없고. 무인이라는 자들이 독사에게 맞아 죽을 정도면…… 쯧!'

이윽고 해가 중천에 걸려 배가 고파올 무렵 무천 무인들은 시신에서 눈을 서렸다.

"독사라는 놈입니다."

무천 무인 중 한 명이 정확히 독사의 별호를 거론했다.

"불곰도 있었습니다."

다른 무인이 뒤를 이었다. 방금까지 형영에게 허리가 꺾여 죽은 무인을 살피던 자다.

"오산(誤算) 가능성은?"

외팔이무인이 물었다.

나이는 사십 대 중반쯤 되어 보이는 자인데 두 눈에서 잔잔하면서도 고요한 안광이 흘러나온다. 요락 같은 곳에 놀러 가자는 말은 꺼내지 못할 만큼 품위가 있어 보인다. 이런 상황이 아니었으면 홍루에 발걸음을 옮길 자가 절대 아니다.

"없습니다."

"확실한가?"

"확실합니다."

"좋아, 이제 너희 소견을 말해 봐."

외팔이무인이 침묵을 지키고 있는 다른 두 무인에게 물었다.

"독사와 불곰입니다."

물음을 받은 무인이 즉시 입을 열었다.

"저도 같습니다."

다른 무인도 머뭇거리지 않았다.

"오산 가능성은?"

"없습니다."

"확실한가?"

"확실합니다."

똑같은 문답이 오고 갔다.

장가림은 등줄기에 소름이 오싹 돋았다.

이들은 시신만 살피고도 당시 상황을 정확히 파악해 내고 있다. 독사와 불곰까지 거론했으며 틀림없을 것이라고 확신한다.

'기가 막힌 놈들! 이놈들… 종류가 다른 놈들이야!'

무엇이 어떻게 다른지는 장가림도 알지 못했다. 막연히 직감이 그렇다는 것뿐이다.

무천 무인들은 싸울 생각이 없는 듯하다. 발걸음도 조용조용하다. 흉악한 기세라든가 살기 같은 것은 전혀 찾아볼 수 없다. 자칫 무천에 의탁받아 사인을 살피러 온, 죽은 무인들과는 전혀 관계가 없는 사람들이 아닐까 하는 착각이 들 정도였다.

외팔이무인이 감정이 깃들지 않은 나직한 음성으로 말했다. 그렇게 말하는 것이 습관인 듯했다.

"내 소견도 같다. 독사와 불곰이 흉수다. 그럼 방조자는?"

"몇 명이 더 있습니다. 적어도 세 명 이상입니다. 그중 하나는 이 싸움에도 관여했습니다. 완제림의 직접적인 사인(死人)은 경추(頸椎) 이단(離斷), 척추가 박살난 다음에 이어졌습니다. 상황을 보면 그때까지 유근국과 한림은 살아 있었고 싸움이 끝난 다음에 완제림을 죽였다는 결론이 됩니다."

첫 번째 대답했던 무인이 말했다.

장가림은 자신이 지금까지 헛무인들만 보아왔다고 생각했다. 병장기를 들고 거들먹거리는 자들은 숱하게 접해봤지만 이자들처럼 믿음직스러운 자들은 없었다. 자신이 누군가를 추살한다고 했을 때 이들에게 부탁하면 틀림없을 것 같았다.

'질이 달라. 이들은 정말 무인들이야. 독사가 이놈들은 만나면……
죽는 수밖에 없어.'

알지 못할 공포가 스멀스멀 피어올랐다.

"솜씨가 투박한 것으로 보아서는 살인을 처음 하는 자입니다."

'귀신이 따로 없네.'

"등뼈가 박살난 자를 죽이기까지 한 것은 한 가지밖에 생각할 수 없습니다. 입을 봉하려는 의도. 그것은 다시 두 가지를 생각할 수 있습니다. 독사 패거리가 자신들을 숨기려고 했거나 아니면⋯⋯."

대답을 하던 무인이 말을 멈추고 장가림과 장정들을 훑어봤다.

"아, 아닙니다. 오해십니다. 저희들이 올라왔을 때는 벌써 싸움이 끝난 다음이었습니다. 맹세합니다, 정말⋯⋯."

장가림은 다급하게 손을 내저으며 부인했다.

외팔이무인이 손가락을 들어 입에 댔다. 조용히 하라는 뜻이다.

장가림은 입을 다물었다. 식은땀이 줄줄 흘러내렸다. 도대체 무슨 말이라도 하게 해야 할 것 아닌가!

무천 무인들을 인내심이 강했다.

외팔이무인은 다른 세 명에게도 똑같은 물음을 던졌고 같은 대답을 받았다. 마지막에는 반드시 오산 가능성과 확실하냐는 말을 물었다. 무인들은 없다는 말과 확실하다는 말을 반복했다.

마지막 무인에게까지 똑같은 대답을 들은 외팔이무인이 다른 물음을 던졌다.

"좋아. 그렇다면 다른 이야기를 해보지. 독사와 불곰은 어디 있을까? 결론부터 말해 봐. 잡을 수 있겠는지부터."

장가림은 긴장했다.

이제야 자신들에게 무엇인가를 물을 차례가 되었다.

'잘 대답해야 돼. 말 한 번 삐끗하면 죽을 수도 있어.'

물음을 받은 무인이 대답했다. 첫 번째로 대답을 했던 무인이다.

"잡을 수는 있지만 시간이 걸립니다. 싸움은 불곰부터 시작했습니다. 그놈은 허리를 부러뜨릴 수는 있었지만 곧 중상을 입었습니다. 움직일 수 없을 정도로. 두 번째로 나선 자가 독사. 하지만 그도 중상입니다. 피를 토해낼 정도로 내상이 큽니다. 혼자 움직이지는 못했고 누군가가 움직였습니다. 방조자가 있다면 은밀한 곳에 숨어 있을 터, 찾을 수는 있지만 시간이 걸립니다."

무인들은 마치 현장을 목도한 것처럼 정확히 말했다.

이번에도 외팔이무인은 네 명 모두에게 같은 질문을 했고 같은 내용의 대답을 들었다.

외팔이무인이 말했다.

"결론이 났군. 추살(追殺)하라."

"존명(尊命)."

기가 막힌 자들이다. 이들은 방금 사람을 죽이라는 명을 내렸고 받았다. 그런데 명령하는 자나 대답하는 자나 음성이 조용하기만 하다.

'이자들은… 눈 하나 깜짝하지 않고 사람을 죽일 자들이야.'

장가림은 무천 무인들에게서 죽음의 냄새를 맡았다.

이들은 무공만 익힌 자들이 아니다. 살인을 해본 적이 있다. 결정적인 순간에는 눈썹 한 올 까딱하지 않고 심장에 검을 틀어 넣을 냉혈한(冷血漢)들이다. 독사와 불곰이 이들에게 죽는 환상까지 비쳤다.

'어쩌자고 이런 놈들과 싸워 가지고는……. 이제 질문을 던져 오겠지? 싸움이 언제 일어났느냐? 모른다고 해야지. 잠결에 들으니 싸움하는 소리가 들려서 올라와 보니 벌써 끝난 후였다고. 그래서 바로 연락을 취했다고. 그래, 독사 패거리를 봤다는 소리도 하면 안 돼. 난 초저녁부터 잠자리에 든 거야. 앗차! 이럴 줄 알았으면 이놈들과 입이라도 맞춰놓는 건데.'

장가림은 장정들을 돌아봤다.

그들도 긴장이 역력했다. 어떤 자는 입술이 타는지 연신 혀를 내밀

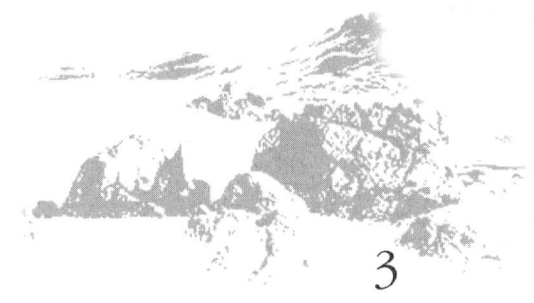

3

강풍(强風)에 휘날리는 가랑잎

소홍은 장가림에게 끌려가면서 생각했다.

'어차피 더 잃을 것도 없어. 어쩐지 행운이 오나 싶었지. 내 주제에 무슨……'

그녀도 싸움을 알았다.

요락이 부서질 듯 뒤흔들렸는데 아무것도 몰랐다면 식충이다.

하지만 나와보지 않았다. 자신의 가슴을 만지면서도 행여 불똥이 될까 부들부들 떠는 사내처럼 까만 천장만 바라보았다.

죽음이 확실해 보였다.

요빙과 설향이 무인들과 어울려 있다는 사실은 알고 있었으니 불곰이 누구와 싸우는지는 나가보지 않아도 짐작됐다.

대물이 와 있다는 말도 전해들었다.

'하필이면……'

아쉬움이 묻어 나왔다.

대물도 불곰처럼 요락에 붙어살다시피 했지만 불곰과 어울려 온 적은 별로 없다. 둘 사이가 친근하지 못해서가 아니라 불곰이 혼자 다니기를 좋아했기 때문이다.

그런데 하필이면 오늘 같은 날 같이 묻어서 왔다.

손님을 일찍 재우고 살그머니 빠져나가려던 계획은 틀어졌다.

지금은 운우지락(雲雨之樂)이 문제가 아니다. 대물이 사느냐 죽느냐 하는 문제다.

소홍은 냉정하게 계산했다.

'무인과 싸워서는 승산 없어. 아무리 불곰이라도. 독사도 안 될 거야. 그래, 맞아. 독사도 어림없어.'

결론은 대물의 죽음으로 이어졌다.

파락호끼리 싸움이 붙었다면 대충 얻어터지는 선에서 끝나겠지만 상대는 무인이다. 죽음을 생각하지 않을 수 없다.

그녀는 궁금증을 참고 나가지 않았다.

어차피 대물은 그녀의 야망을 성취하는 도구에 지나지 않았다. 야망? 그렇다. 소홍 같은 창기, 창기 중에서도 마지막까지 치몰린 창기들에게는 여느 아낙들처럼 평범하게 사는 것도 야망이다.

이번에는 그 꿈을 이룰 줄 알았는데…….

창기와 파락호 간의 사랑은 없다가도 생기고 생겼다가도 없어지는 것이 보통이다.

소홍은 마음을 편하게 먹었다.

소홍은 감시의 눈길을 느꼈다. 요락 장정들이 알게 모르게 혹 도주나 하지 않을까 시선을 떼지 않았다.

그러던 중 날이 밝고 무천 무인들이 들이닥쳤다.

'부를 거야. 난 그저 어쩔 수 없이 몸을 준 거야. 파락호들이 행패를 부리는데 안 주고 배길 수 있어? 그것뿐이야, 대물과는.'

장가림은 사납게 팔목을 잡아끌었다.

"아! 아파! 이것 놔! 내가 뭘 잘못했다고 그래!"

"닥쳐, 이년아!"

장가림은 무인에게 당한 수모를 그녀에게 풀었다.

난방 문을 밀치고 들어서자 알지 못할 귀기스러움이 와락 달려들었다.

아직도 치우지 않은 시체들 때문이다.

무천 무인들은 시체들 한가운데서 태연히 차를 마시고 있었다.

장가림이 소홍의 팔목을 잡고 무인들 앞에 가서 섰다.

"이년이 바로……."

"소홍이오?"

깡마른 무인이 장가림의 말을 토막냈다.

"그래요."

"짐작하고 있겠지만 우린 대물을 찾소."

"어디 있는지 나도 몰라요."

무인이 고개를 끄덕였다.

"우리가 알고 싶은 것은 대물이 숨어 있을 만한 장소요."

"모른다고 했잖아요."

"짐작을 물은 것이오. 그래서 숨은 곳이라고 말하지 않고 숨어 있을 만한 곳이라고 물었소."

"몰라요."

무인이 찻잔을 들어 입에 댔다.

'차 맛은 알고 마시나? 시체들 틈에서 차라니……'

인생 밑바닥까지 떨어진 소홍이지만 무인들의 행동은 납득할 수 없었다.

무인이 찻잔을 내려놓으며 말했다.

"아들 이름이 정(正)이던가? 황정(黃正). 좋은 이름이야."

무인이 나가라는 손짓을 했다.

소홍은 새파랗게 질려 털썩 주저앉았다. 그리고 머리를 쥐어짜기 시작했다.

"영은서원(寧殷書院), 요즘 영은서원에서 살다시피 했어요."

"그건 알고 있고."

무인이 다시 찻잔을 들어 올려 입에 댔다.

"그 밖에는 정말 몰라요."

"……."

"집은 오가촌(吳家村)에 있어요. 하지만 텅 비어 있을 거예요. 어려서 조실부모해서 혼자 살았거든요."

"……."

"갈 만한 데가 없는 사람이에요. 정말이에요."

"……."

"어려서는 주로 한천에서 놀았다고 들었어요. 물을 보면 마음이 편해지더라면서."

"또?"

무인이 반응을 보였다. 소홍은 대물에게서 들은 그의 과거사를 되새

김했다.

"오준산(五晙山) 이야기도 들었어요. 아주 장관이더래요. 산꼭대기까지 올라가 본 것은 오준산이 처음이자 마지막이었다고 했어요."

"그렇군."

"다른 이야기는 못 들었어요. 정말이에요."

"황정 그 아이, 오래 살 거야. 보지는 못했지만 그런 느낌이 드는군."

소홍은 사면받은 느낌이었다.

'휴우!'

자신도 모르게 안도의 한숨이 새어 나왔다. 그때 무인이 입을 열어 그녀의 마음을 차디차게 얼려 버렸다.

"하지만 한동안 엄마와 떨어져 있을 운명이야. 묘하게도 그놈 운명은 대물과 엉켜 있어서 대물이 죽어야만 편해질 운명이지. 악연이야, 악연."

사라진 사람을 찾기에 한 시진이라는 시간은 결코 짧은 시간이 아니다.

"씨팔! 이대로 도망가 버릴까?"

"도망가긴 어딜 가? 갈 데나 있어?"

"앉아서 칼 맞아 죽는 것보다야 낫지. 구보충이 한칼에 나가는 것 봤잖아."

요락 장정들은 미음이 바짝바짝 타 들어갔다. 흔한 말로 똥줄이 탄다고 하는데 지금이 꼭 그렇다.

장정 두 명은 커다란 바위 뒤에 몸을 숨기고 연신 초라한 초옥을 훔

쳐보았다.

혹여 지키고 있는 사람이 있으면 모습을 드러내지 않을까 봐 하는 짓거리지만 별무 소용이 없었다. 요빙은 하늘로 솟은 듯 나타나지 않았다.

다른 쪽에 있는 두 명도 마음이 급하기는 마찬가지일 게다.

"독사가 그 모양인데 쉽게 오진 않을 거야. 그렇지?"

"독사라면 사족을 못 쓰던 계집이잖아. 쉽게 오지 않겠지."

"제길! 한 시진이 거의 되어가는데…… 어떡하지?"

"……."

방법이 있을 리 없다.

요빙은 집과 요락이 삶의 전부였다. 장이 서면 장에 나가 물건도 샀지만 거의 모든 시간을 집에서 보냈다.

요락에 있는 창기들을 감시해야 하는 장정들인데 그걸 모를까?

그들이 한 가닥 기대하고 있는 것은 요빙의 심성이었다.

요빙은 자식을 끔찍이 아꼈다. 어느 핏줄인지도 모를 자식이지만 탈이라도 났다는 소리를 들으면 만사를 제쳐 놓고 달려갔다. 그때는 장정들이 힘으로 막아서도 소용없었다. 눈에 독기를 품고 칼을 들고 덤벼드는 통에 자칫 죽든가 죽여야 하는 사단이 벌어질 판국이었다.

결국 요빙이 자식 때문에 집에 간다고 하면 두말없이 놓아주게 되었다. 그리고 실제로 그녀는 자식 핑계를 대면서 딴짓을 하는 여자는 아니었다.

근묵자흑(近墨者黑)이라고…… 홍루 창기들 중에서도 요빙은 같은 심성을 지닌 여자들과 가까이 지냈다.

설향, 소홍…….

요빙과 설향, 소홍은 요락 장정들이 가장 믿을 수 있고 봐주고 싶은
여인들이었다.

"왔다!"

두 눈을 시뻘겋게 뜨고 있던 장정이 소리를 낮추며 말했다.

바위에 등을 기대고 먼 하늘만 쳐다보고 있던 장정이 황급히 몸을
움직여 초옥 쪽을 쳐다봤다.

요빙의 모습이 보였다.

그녀는 숨을 생각도 없는지 백주에 큰길을 터벅터벅 걸어오고 있다.

먼저 그녀를 발견한 장정이 말했다.

"어디 꽁꽁 숨어 있기나 하지……."

요빙은 먼 길을 떠날 사람처럼 아이를 보듬어 안고 놓지 않았다.

"엄마, 답답해. 그만 놔."

"답답해?"

"그래, 답답해 죽겠어."

"그래도 조금만 참아. 조금만 더 이대로……."

"오늘은 개울에 가서 놀 거야. 수영하는 걸 봐야 되는데. 꽤 많이 늘
었거든. 이제는 건너편까지 헤엄쳐 갈 수 있어."

"그래? 많이 늘었네?"

"어? 엄마 오늘 정말 이상하다? 야단치지 않는 거야?"

"야단쳐야지. 왜 깊은 곳에 들어가고 그래?"

요빙의 눈에 가는 눈물이 비쳤다.

그녀는 이를 악물어 참았다.

"오늘 엄마가 부탁이 있는데, 들어줄래?"

"부탁? 뭔데? 말해 봐. 다 들어줄게."

요빙은 아이의 머리를 쓰다듬어 주었다.

누구의 씨인지도 모르고 임신한 아이. 자라면 아이 아빠 얼굴이 나오려니 생각했는데 그녀가 아는 사내 중 아무도 닮지 않은 아이. 그래도 눈에 넣어도 아프지 않을 아이.

"엄마, 또 나가봐야 하거든."

"그래? 알았어. 잘 놀고 있을게, 걱정 마. 밥 잘 챙겨 먹으라는 소리지?"

"아니."

"그럼?"

"영은서원으로 가. 그곳 훈장님에게 부탁해 놨거든. 네게 글을 가르쳐 줄 거야."

"씨이! 글은 싫은데. 먹 냄새만 맡아도 골이 욱신거린단 말야."

"너, 독사 아저씨 좋아하지?"

"아저씨는 무슨…… 형이라고 부르면 안 돼? 대형(大兄). 그렇게 부르고 싶은데."

독사 패거리는 불곰을 제외하고는 모두 독사를 대형이라고 부른다. 독사보다 나이가 적은 사람은 당연하고 나이가 많은 사람도 대형이라고 깍듯이 받든다.

대물이 좋은 예다. 대물의 경우에는 독사보다 세 살이나 많지만 독사의 그늘에서 지내며 대형이라고 부른다.

자식의 눈에는 그런 모습이 좋아 보였던 모양이다. 혈육 덩어리가되어 쓰러져 있는지도 모르고.

"나중에. 네가 크면."

"정말?"

"그래, 우선은 영은서원에 가서 학문을 배워. 독사도 많이 배웠어. 독사가 못 읽는 글이 있는 줄 아니?"

"정말이야?"

"그럼."

"그럼 나도 배워야지. 언제 가야 되는데?"

"엄마가 떠나고 바로."

"알았어. 그런데 엄만 어디 멀리 다녀오는 거야?"

어린 놈이 천덕꾸러기로 자라서인지 눈치는 빠르다.

"응, 장 아저씨 부탁으로 멀리 다녀올 일이 생겼거든. 아마도 한두어 달 걸릴 것 같아."

'그렇게라도 돌아올 수 있었으면.'

무인들이 여섯 명이나 죽었다. 그들은 독사나 불곰을 잡지 않고는 직성이 풀리지 않을 게고 잡지 못하면 화풀이로 무슨 짓을 벌일지 모른다. 어쩌면 오늘 석양이 지는 것도 보지 못할지 모른다. 자신 같아도 그런다. 화가 났는데 그놈과 배 맞은 년을 가만 내버려 둘 리 없다.

"시간이 너무 오래됐네. 그만 가지."

모자의 대화를 듣고만 있던 장정이 한숨 섞인 소리로 말했다.

"서원에… 가 있어. 알았지?"

"걱정 말라니까."

"학문만 배워. 주먹질은 배우지 말고. 알았지?"

"알았다니까!"

요빙은 자식의 얼굴을 뚫어지게 쳐다본 다음 몸을 돌렸다.

눈물이 쏟아졌다.

'울어선 안 돼. 눈물을 보이면 안 돼.'

요락으로 다시 발길을 들여놓는 요빙의 심정은 착잡했다.

자식이 걱정되어 영은서원 훈장에게 부탁해 놨으니 어느 정도 걱정은 덜었지만 그래도 불안하기는 마찬가지다. 지금도 그런데 일신의 안위를 생각한답시고 독사와 같이 머물렀다면 어쨌을 것인가.

요빙의 머리 속에 의원의 말이 웅웅 울렸다.

"혹 도망갈 일이 생긴다면 너희만 도망가. 독사와 불곰은 움직여서는 안되네. 절대로. 여기서 움직이면 끝장이야."

'내가 입을 다물어야 해. 독사…… 나쁜 새끼.'

요락은 쥐 죽은 듯 조용했다.

그리 낯선 광경은 아니다. 요락은 해질녘이 되어서야 한 명, 두 명 움직이기 시작한다. 그전까지는 잠을 자든가 목욕을 하든가 하면서 지난밤의 피로를 푼다.

장정 두 명이 앞서서 이층 계단을 밟아 올라가고 두 명은 뒤에서 쫓아왔다.

요빙은 얌전히 뒤를 따랐다.

'태연해야 해. 눈치를 보이면 안 돼. 난 이곳에서 나가자마자 집으로 달려간 거야. 사람을 죽인 자와 같이 있을 순 없잖아. 독사가 뭐라고.'

난방에 들어선 요빙은 밤이 무척 길어질 것 같은 불길한 예감에 사로잡혔다.

하루가 거의 지나가건만 시체는 그들이 떠날 때 모습 그대로다.

소홍은 멍한 표정으로 털썩 주저앉아 있고 설향은 피투성이가 되어 쓰러져 있다. 얼굴이며 몸이며 성한 곳이 없어 보인다.

그런 와중에 밑바닥 삶은 짐작도 못할 것 같은 사내 네 명이 묵묵히 앉아 있다.

그들은 요빙이 들어서자 고개를 돌려 바라봤다.

"요, 요빙입니다."

장가림이 손바닥을 비벼대며 말했다.

깡마른 무인이 두 손으로 탁자를 짚으며 일어섰다. 그리고 천천히 요빙에게로 걸어와 섰다.

"요빙."

'절대 말해선 안 돼. 말하면 독사도 죽고 불곰도 죽어.'

"몰라요."

"뭘 모르나?"

"당신이 물으려는 것요."

"그런가? 후후, 난 나이를 물어보려고 했는데 나이도 모르겠다? 세월을 잊어버리고 사는 여자군."

"……."

"이번에 물을 질문도 모르나?"

"몰라요."

"모르겠군. 아이 아빠가 누군지 물으려고 했는데."

요빙이 누구 씨인지도 모를 아이를 키운다는 사실은 비밀도 아니다. 놀랄 것도 없다.

"이번에 또 하나 물어보지. 똑같은 대답인가?"

무인은 파락호나 할 법한 수작을 부렸다. 다른 점이 있다면 일절 건드리지 않았고 웃지도 않는다는 점이다. 마치 감정없는 목석과 대화하는 기분이다.

요빙이 입을 다물자 무인이 물었다.

"독사와 불곰은 어디 있나?"

"몰라요."

"알 거야. 우리도 짐작하고 있으니까. 한천."

"앗!"

요빙은 자신도 모르게 경악성을 토해냈다.

그녀의 눈은 자연스럽게 쓰러져 있는 설향을 향했다. 피투성이가 되도록 두들겨 맞았으니 토설했을 수도 있다.

"그렇군. 한천인지 오준산인지 정확히 짚어내지 못하던 참인데 한천이었군."

요빙은 자신이 유인계에 말려들었다는 것을 직감했다.

하필이면 하고 많은 곳 중에 한천을 말할 게 무엇인가. 그래서 정말 알고 있는 줄 알았는데.

무인이 시선을 돌려 요빙을 데려온 사내들을 쳐다보며 말했다.

"한 시진 여유를 줬는데 두 시진이 흘렀어."

"저… 그, 그게……."

"요빙이 집에서 얼마나 있었나?"

"바, 반 각 정도……."

"그럼 반 각은 빨리 올 수 있었군. 우리가 그렇게 시간 많은 사람들처럼 생각됐던 모양이지?"

"요빙이 오면 집에는 아이밖에 남지 않아서……."

무인이 장가림을 향해 고개를 끄덕였다.

장가림이 장정들에게 다가왔다. 그의 얼굴에는 순식간에 스쳐 지나갔지만 음울한 고통이 배어 나왔다.

퍼억!

주먹이 허공을 날아 장정의 복부에 꽂혔다.

"우욱!"

장정은 어제 먹은 것까지 토해낼 만큼 극심한 충격을 받았다. 장가림의 주먹쯤이야 얼마든지 피할 수 있지만 그러자면 무인과 싸워야 한다.

퍼억! 퍽퍽퍽……!

장가림은 무자비하게 주먹을 휘둘러 댔다.

첫 번째 장정이 무참하게 뭉개져 나뒹굴었다. 조금만 더 맞으면 죽지 않을까 하는 걱정까지 들었다.

장가림이 두 번째 장정에게 다가섰다.

'죽이지는 않아.'

적이 안심되었다. 하지만 피할 수 있는 주먹을 얌전히 서서 맞자니 성질이 났다. 더군다나 장가림의 주먹은 단숨에 기절할 만큼 세지도 못했다.

퍽퍽퍽……!

장가림이 차례차례 장정들을 두들겼다.

그 모습을 지켜보던 무인이 요빙에게 고개를 돌리며 물었다.

"아이는 영은서원으로 갔겠지?"

"……."

"그곳밖에 갈 곳이 없겠지. 운이 좋은 줄 알아. 저 계집은 한마디도 대꾸하지 않는 통에 저 지경이 되었지."

그가 설향을 향해 고갯짓을 하며 말했다.

요빙은 무인의 말을 듣지 않았다. 그녀의 온 신경은 탁자에 앉아 있는 무인들에게 쏠렸다.

자신이 한천이라고 암묵적으로 시인하기 무섭게 탁자에 앉아 있던 사내 중 한 명이 지도를 펼쳤다. 그리고 손가락으로 미리 찍어놓은 지형을 따라가며 시간을 계산했다.

그들이 대화를 나눴다.

"송계(松鷄) 나루부터 황야(荒野)까지 뒤지면 되겠어."

"많이 좁혀졌군."

"잘하면 내일 저녁까지는 잡을 수 있겠어."

다른 무인 두 명이 거의 동시에 고개를 끄덕였다.

'잡혔어. 송계부터 황야까지 뒤진다면… 꼼짝없이 잡혔어.'

요빙은 현기증이 치밀었다. 이제 영영 다시 만나지 못할 사람이라고 생각했는데… 뜻밖에도 너무 빨리 만나게 되었다. 헤어진 지 하루 만에.

장가림과 장가림에게 얻어맞지 않은 요락의 장정 여섯 명은 이틀째 세 여인을 지켰다.

밤이 지나고 새벽이 밝아오고, 또 밤이 찾아들고 날이 밝았다.

요락은 이틀째 폐가(廢家)처럼 을씨년스러웠다.

소문이 벌써 널리 퍼졌는지 찾아오는 손님도 없었다.

요락을 제집처럼 들락거리던 사내들도 멀찌감치서 기웃거리기만 할 뿐 들어설 생각을 하지 않았다. 들어선다고 해도 장사를 할 입장이 아니지만.

무엇보다 고역스러운 것은 시신들이다.

오뉴월에 맞아 죽은 시신들은 벌써 부패하기 시작해 썩는 냄새를 풍겨댔다.

시신을 즐겁게 찾는 손님도 생겼다.

시신뿐만이 아니라 술과 기름진 안주들이 뒤범벅된 난방은 파리들에게는 천국이었다.

설향은 지난밤에도 끙끙 앓았다.

의원이 다녀가기는 했지만 워낙 거칠게 얻어맞은 터라 쉽게 일어나지 못했다.

모두들 침묵을 지켰다.

장가림에게 어떻게 그렇게 무지막지하게 때릴 수 있냐고 추궁해 본들 아무 소용 없었다. 그라고 때리고 싶어서 때렸겠는가.

"잡혔을까?"

소홍이 넋 놓은 모습으로 중얼거렸다.

대답하는 사람은 없었다. 독사와 불곰의 상태를 잘 아는 사람들이니 그들이 빠져나갔다고 생각하는 사람은 한 명도 없었다.

"휴우! 이놈의 시신을 치우든가 해야지 원. 이제는 골치가 다 아프네."

장가림이 투덜댔다.

처음에는 어떻게 요략을 건져 볼까 고심하기도 했지만 이제는 모든 걸 포기한 모습이다. 하기는 사람이 죽어 나갔고 무천 무인들에게 밟혀 쑥대밭이 된 곳에 발길을 들여놓을 주객은 없을 것이다. 주인이 바

꿰어 다른 이름으로 홍등(紅燈)을 내건다면 모를까. 그런데,

"돌아오나 보네요."

장정 중 한 명이 눈살을 찌푸리며 말했다.

다각! 다각……!

요락 밖에서 천천히 걸어오는 말발굽 소리가 들렸다.

소리는 정확히 요락 앞에서 멈췄다. 그리고 조용했다. 아무 소리도 들리지 않았다. 안으로 들어서는 소리도, 이층 계단을 밟는 소리도 들리지 않았다. 그러다 벌컥 난방 문을 밀치며 무인이, 그것도 네 명이 동시에 들이닥쳤다.

그들 손에는 피 묻은 거적때기 한 장이 들려 있었다.

'도망갔어! 도망? 어떻게……?'

요빙과 설향, 그리고 소홍의 얼굴에 잠깐이지만 화색이 돌았다. 반면에 장가림과 장정들의 눈빛에는 어두운 그림자가 잔뜩 깃들어졌다.

무인들이 차디차게 식은 눈으로 세 여인과 사내들을 쳐다봤다.

第三章

소낙비는 피해 가야

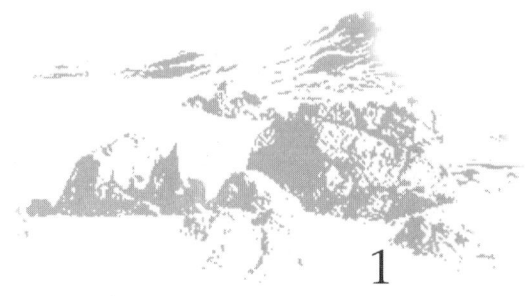

외팔이무인은 초로(初老)에 접어든 장년인(長年人)을 뒤따랐다.

젊었을 적에는 여자 마음깨나 졸였을 미남형의 사내였다. 거기에 연륜이 보태져 중후한 매력이 물씬 풍겼다.

그는 외팔이무인과 똑같은 백삼을 입었다. 다른 점이 있다면 소맷자락에 금색 테가 둘러져 있다는 정도다.

장년인은 후원(後園)을 거닐었다.

그가 한 발짝을 떼어놓으면 외팔이무인도 한 발짝을 뒤따랐고 두 발짝을 걸으면 두 발짝 좇았다.

"독사와 불곰이라고 했나?"

장년인이 허리를 구부려 연못에 손을 담그며 물었다.

"네."

외팔이무인이 덤덤한 표정으로 대답했다. 장년인과 가까운 듯하면서도 어려워하지는 않는 태도였다. 하지만 말투만은 공손했다.

"어떤 놈들인가?"

"파락호들입니다. 그중 독사는 파락호들 사이에서 대형으로 불리고 있습니다."

"허허허! 대형이라……. 쯧! 한심하군. 육 년, 칠 년 무공을 수련했다는 놈들이 겨우 파락호 따위에게 목숨이나 뺏기고."

"……."

"추살령은?"

"내려놨습니다."

"서둘지 말라고 지시하지 그랬나?"

"……."

"쯧!"

장년인이 못마땅한지 혀를 끌끌 찼다.

"무공을 수련했다는 놈이 파락호에게. 허허! 서둘지 말라고 지시하게. 잡는 시늉만 내라고. 그래도 잡히면 어쩔 수 없지만, 남들이 봐서 타당하다 싶을 만큼 재간을 부리면 놓아주라고 해. 은신처는 확실히 파악해 놓고. 좋은 기회잖나. 놓쳐서는 안 되는 기회야."

장년인은 어처구니없다는 표정에서 재미있다는 표정으로 돌아섰다.

"가족들에게는 연락했나?"

"홍루로 달려가고 있을 겁니다."

"그래, 그 일은 그렇게 처리하지."

장년인은 문도 여섯 명이 죽었다는데도 대수롭지 않은 듯 가볍게 넘겨 버렸다.

외팔이무인이 등 뒤에 대고 말했다.

"우선은 이것저것 가릴 것 없어. 무조건 파기만 해. 상태를 봐가며 위로 파자고."

대물의 음성에는 확신이 차 있었다.

물속에서 굴을 판다는 것은 생각보다 쉽지 않았다.

굴을 팔 만한 도구가 있는 것도 아니고, 숨을 쉴 수 없는 것은 둘째 치고라도 흙탕물이 뿌옇게 어려 시야를 확보할 수 없었다. 또 웬만큼 팠다 싶으면 스르륵 무너져 내리는 통에 헛고생만 하는 경우가 늘었다.

"푸우!"

쇠스랑이 물 밖으로 머리를 내밀며 숨을 토해냈다.

"이거야 원…… 괜히 헛수고만 하는 것 아냐?"

대물도 자신이 잘못 생각하지 않았나 하는 회의가 치밀었다.

'흙에 힘이 없어. 물이 들어가니까 계속 부서지는 거야. 이걸 어떻게 한다……?'

방법은 확실한 것 같은데 굴을 파지 못하니 답답할 수밖에 없었다.

그러다 퍼뜩 머리 속으로 스쳐 가는 생각이 있었다.

"나, 잠깐 다녀올게."

대물은 말을 끝내기도 전에 치달려갔다.

반 각쯤 경과한 후 돌아온 대물은 갈대를 한 아름 안고 왔다.

"다시 파자."

"또?"

"이번에는 이걸 붙이는 거야. 진흙이라 꾹 눌러 넣기만 하면 돼. 해보지 않는 것보다는 낫지. 빨리 서둘러야 해. 벌써 날이 지고 있으니…

아마도 내일쯤이면 무천 무인들이 나타날 거야."

다시 물속으로 자맥질해 굴을 팠다.

파낸 흙을 처리하는 것은 쉬웠다. 물에다 그냥 흘러 버리면 됐다. 그런 흔적마저도 제거하려면 고심깨나 해야 하지만 시간적인 여유가 없었다.

진흙을 파내고 갈대를 붙이자 굴이 제 모습을 유지했다.

'됐어!'

파락호들의 몸놀림도 빨라졌다. 눈으로 보고 확신을 얻으니 자연 기운이 샘솟았다.

대물과 패거리 네 명은 밤을 꼬박 밝히며 굴을 팠다.

옆으로 일 장 정도 파 들어간 다음에는 비스듬히 위로 올려 팠다.

여전히 진흙이었다.

"물기 적은 흙이 나오면 성공한 거야."

그러나 한천은 대물의 생각을 비웃기라도 하듯 한 줌을 파 올라가면 한 줌만큼 차올랐다. 파는 족족 물이 그 자리를 대신했다.

계두가 대물을 노려보며 말했다.

"이거 헛수고하는 것 아냐? 헛수고하기만 해봐라, 네놈 목을 비틀어 버릴 테니까."

"걱정 마. 틀림없이 위로는 물이 안 차."

일각, 이각…… 시간이 속절없이 흘러 새벽이 밝아왔다.

대물은 지쳤다. 파락호들도 지쳤다. 세상에서 가장 힘든 게 싸움인 줄 알았더니 육체 노동은 그것보다 한결 더 힘들다. 물속에서 숨을 참아가며 하는 노동은 몸과 마음을 파김치로 만들었다.

모두들 포기하기 직전이었다.

무천 무인들에게 쫓긴다는 압박감은 이틀 밤을 꼬박 밝힐 수 있는 힘을 주었지만 그것마저도 바닥을 드러냈다.

배도 고팠다. 그동안 뱃속에 집어넣은 것이라고는 싸움이 있기 전 독주 몇 잔 들이부은 것이 고작이다.

그때, 사내들에게 기적이 일어났다.

"푸우!"

사팔이 물속에서 고개를 내밀고 큰 숨을 토해내자마자 세상이 떠나가라 외쳤다.

"물이 안 차!"

"뭐?"

"더 이상 물이 안 올라와! 하하하! 저놈 말이 맞았어! 계속 파내면 되겠어! 하하하!"

갑자기 없던 기운이 솟구쳤다.

포기하고 몸을 눕히려던 자가 벌떡 일어났다. 이제 막 물에서 나와 옷에 묻은 물기를 짜내던 자도 다시 물속으로 뛰어들었다. 한쪽에서 아침 요깃거리로 고기를 잡으려던 자도 화급히 달려들었다.

신이 났다.

잘하면 무천 무인들의 손아귀를 벗어날 수 있다는 희망이 싹텄다.

영원히 불가능하게만 보여지던 일들이 실제로 벌어진 것이다.

파락호들은 몸을 아끼지 않고 달려들었다. 대물이 시킬 필요도 없었다. 어떻게 굴을 파라고 말할 필요 또한 없었다.

파락호들은 이제 익숙하게 굴을 파 들어갔다.

"어디 나뭇조각이라도 구해봐. 흙이 딱딱해져서 손이 아파 못 파겠어."

나뭇조각뿐인가, 쇳조각이라도 구해올 수 있을 듯했다.

대물이 한달음에 달려갔고 굴을 파기에 적당해 보이는 나뭇조각 서너 개를 주워왔다.

근심 걱정 없는 사람들 같으면 아침을 먹고 밭에 나가 잡초를 뽑을 무렵쯤 파락호들은 장정 일곱 명이 들어가 발을 뻗고 누울 만한 공간을 확보했다.

"하아! 여기 같으면 백날을 있어도 들킬 염려 없겠다. 대물 그 자식이 머리 하나는 기가 막히게 돌아간다니까."

말소리가 웅웅 울렸다.

"그런데… 어쩐지 좀 답답하지 않아? 어이쿠! 숨 막혀!"

파락호들은 화급히 자맥질을 쳐서 물 위로 솟구쳤다.

굴은 파나마나였다. 공간은 확보했지만 공기가 유입되지 않았다. 그런 곳에서는 일곱 명은 고사하고 한 명도 제대로 숨어 있기 힘들 듯했다.

"대물 이 자식! 어? 대물 이 자식, 어디 갔어?"

대물이 보이지 않았다. 그리고 보니 모두 부지런히 움직일 때도 대물은 없었다.

"아이구! 대물이고 뭐고 이제는 피곤하기도 하고 배도 고파서 꼼짝도 못하겠다. 떡을 칠! 잡아가려면 잡아가라지. 난 잠부터 한숨 자야겠어."

돌주먹이 발을 뻗고 드러눕자 모두들 피곤이 엄습했다.

참 이상한 일이다. 방금 전까지만 해도 전혀 피곤하지 않는데 갑자기 물 먹은 솜처럼 노곤해진다.

대물은 그로부터도 반 각쯤 흐른 후에야 모습을 드러냈다. 장정들은 쏟아지는 잠을 이기지 못하고 깊은 잠에 곯아떨어진 후였다.

그는 잘라진 대나무를 한 아름 안고 있었다.

"일어나."

"으음……."

"일어나."

"뭐야, 귀찮게! 내버려 둬. 으음……."

"일어나라니까! 또 귀싸대기 때린다!"

"내버려 두라니까……. 으음…… 엇!"

잠꼬대를 하던 쇠스랑이 벌떡 일어났다. 그리고 대뜸 대물의 턱을 올려 쳤다.

퍼억!

대물은 턱을 움켜쥔 채 발랑 뒤로 넘어갔다. 잠결에 올려 친 주먹이라 타격이 그리 크지는 않았지만 맷집에 약한 대물에게는 큰 충격이었다.

"아이쿠! 야! 사람 좀 봐가면서 때려라!"

소란은 다른 사내들의 잠도 깨웠다.

파락호들은 무천 무인들이 온 줄 알고 화들짝 놀라 일어났다.

"뭐야? 또 너야?"

"아이쿠, 턱이야! 턱 부서지는 줄 알았네!"

"임마! 왜 잠 깨우고 지랄이야! 오! 그리고 보니까 생각나네. 너 이 새끼! 밤새도록 사람 죽도록 고생만 시키고……."

"시끄러! 어서 독사하고 불곰이나 옮겨!"

"……?"

"빨리 안 옮기고 뭘 해! 무천 놈들이 와서 잡아가도록 손놓고 있을 거야?"

"야! 숨을 쉴 수 있어야⋯⋯."

"숨을 쉴 수 있으니까 옮기란 것 아냐! 빨리 움직여!"

파락호들은 서로 얼굴을 쳐다봤다. 여우에게 홀린 것도 아니고 자신들이 분명히 확인한 일인데⋯⋯.

불곰을 물속에 들이미는 것은 보통 힘들지 않았다. 이마에 굵은 땀이 맺혔다. 몸에 요동을 주지 않고 누워 있는 상태 그대로 움직이자니 더욱 힘들었다.

그러나 물속에 들어가자 불곰의 몸뚱이가 갓난아기라도 된 듯 가벼워졌다.

"내가 입을 맞추면 바로 움직이기 시작해."

"이, 입을 맞춰?"

대물은 대답도 듣지 않고 큰 숨을 들이켰다. 그리고 입을 불곰의 입에다 댔다.

파락호들은 재빨리 불곰을 들이밀었다.

물속에서는 더욱 움직이기 쉬웠다. 불곰이 이리저리 끌면 끄는 대로 움직였다. 물속이라 몸의 요동도 크게 신경 쓸 필요가 없었다.

불곰을 생각해서 장정 두 사람이 넉넉히 들어갈 만큼 크게 판 굴이지만 막상 불곰을 들이밀자 꽉 차는 듯한 느낌이 들었다.

한 명이 앞서서 어깨를 잡아당기고 두 명이 뒤에서 발을 밀었다.

이때만큼은 대물도 불곰에게 공기를 불어넣을 수 없었다.

불곰에 비하면 독사는 굉장히 쉬운 편이었다. 불곰을 집어넣은 경험이 있어서인지 독사를 움직일 때는 움직임도 빨랐고 힘도 훨씬 덜 들었다.

대물은 불곰과 독사를 수중에 파놓은 굴속에 집어넣은 후 다시 밖으로 나왔다.

그는 주변을 꼼꼼히 쳐다보며 자신들이 머물렀던 흔적을 지웠다.

그때, 그의 눈에 희끄무레한 것이 보였다 사라졌다. 굽이진 곳으로 사라진 통에 볼 수는 없지만 분명히 무엇인가가 나타났었다.

'흰색이었어. 그럼 무천 무인!'

대물은 황급히, 그러나 수면에 파문이 일지 않도록 조심스럽게 물속으로 기어들었다.

굴에서 지상으로 연결시켜 놓은 대나무는 공기만 주는 것이 아니다. 밖에서 말하는 소리까지 훔쳐 왔다.

대물은 마음이 조급해졌다.

시간이 너무 촉박해서 독사가 누웠던 거적때기를 치우지 못했다. 그 것은 그런대로 괜찮지만 지상으로 삐져나온 대나무를 제대로 은폐시키지 못했다.

큰 돌로 비스듬히 막아놓기는 했지만 정리를 완벽하게 하지 않아 들킬 우려가 높았다. 은폐도 은폐려니와 장기간 숨어 있을 것을 대비해서 비가 스며들지 않도록 조처한 것이다.

'한 시진만 더 있었어도……'

이제는 운명에 맡기는 수밖에 없다.

무천 무인들은 찾아왔고 들키는 날에는 꼼짝없이 잡히고 만다.

파락호들은 숨도 쉬지 못했다.

독사와 불곰이 혼절 중에 신음이라도 터뜨릴까 봐 억센 손으로 입까지 틀어막았다. 그러면서 지상에서 대화가 흘러나오기를 기다렸다.

대화는 없었다.

무인들이 온 것은 확실한데 발자국 소리도 들리지 않았고 말소리는 더 더욱 들리지 않았다.

'갔나……?'

대물이 막 몸을 움직이려고 할 때,

부스럭!

지상에서 무엇인가를 끄는 소리가 들려왔다.

대물은 소름이 돋는 걸 느끼며 더욱 숨을 죽였다.

"여기였군."

"누군가 치료해 준 것 같은데?"

"의원들을 뒤져 봐야겠어. 두더지새끼들이 피곤하게 하는군. 찾으려면 시간 좀 오래 걸리겠어."

'찾을 수 있으면 찾아봐라, 요놈들아.'

대물과 파락호들은 서로를 쳐다보며 의미심장한 웃음을 지었다.

갑자기 뱃속에서 꼬르륵 소리가 울려 나왔다.

굴 속에 숨은 사내들은 모두 들었다. 굴 안을 울리는 것이 아닌가 싶을 만큼 큰 소리였다.

사내들은 황당한 표정을 지으며 무인들의 동정에 신경을 곤두세웠다.

다행스럽게도 무인들은 뱃속에서 울린 소리를 듣지 못한 듯했다. 하기는 한 길이나 되는 깊이에 파놓은 굴이잖은가! 굴의 높이가 낮으니 굴과 지상 사이에는 사람 키만큼의 흙이 가로막고 있는 셈이다.

무인들은 한참을 더 머물렀다.

주변을 샅샅이 뒤지는 듯했다. 하지만 다행스럽게도 다섯 개에 이르는 숨구멍은 발견하지 못했다.

결국 무인들은 아무 단서도 잡지 못하고 거적때기만 주워 사라졌다.

"휴우!"

너나 할 것 없이 긴 한숨부터 내쉬었다.

"젠장! 배고파 죽겠네. 뭐 먹을 것 없나?"

누군가가 중얼거렸다.

"하하하!"

"하하하하!"

누군가가 그 말에 웃음을 터뜨렸고 파락호들은 오랜만에 실컷 웃어댔다. 그동안 숨죽였던 것을 한꺼번에 터뜨리기라도 하려는 듯이.

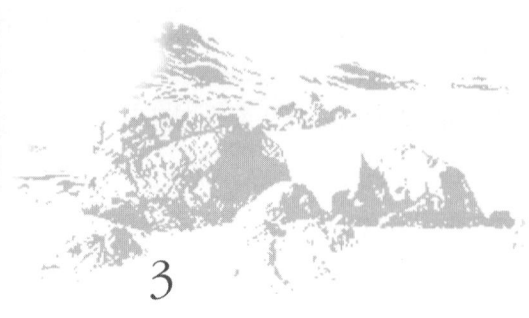

3

소낙비는 퍼해가야

독사와 불곰은 심하게 앓았다.

몸에서는 고열이 치솟고 땅속이라 서늘한데도 굵은 땀을 죽죽 쏟아냈다. 살갗은 발갛게 익었고 온몸에는 두드러기가 돋았다.

처음 사나흘간은 피똥을 줄줄 쏟아냈다. 검게 타버린 설사에 피가 섞여 나왔다.

낮과 밤이 바뀌기를 일곱 번.

심하게 얻어맞은 사람도 정신을 차릴 수 있는 긴 시간이 흐른 다음에서야 독사와 불곰의 상태가 상상외로 중하다는 것을 여실히 절감했다.

파락호들은 서로 상의했다.

먼저 입을 연 사람은 계두다.

"아무래도 힘들 것 같지?"

돌주먹이 말을 받았다.

"독사는 모르겠고 불곰은 깨어날 줄 알았는데… 당해도 너무 당했나 봐."

"그럼 이제 어쩐다?"

"어쩌긴 뭘 어째! 아무도 모르는 곳으로 도망가서 평생 숨죽이며 살아야지. 주먹도 쓰면 안 돼. 누가 때리면 나 죽었소 하고 얌전히 맞아. 괜히 시끄럽게 굴어서 무천 무인들 눈에 띄기라도 하는 날에는 그 날로 황천행이야. 제길! 힘들어서 굴을 팠더니 무덤을 판 셈이 됐네."

"……."

몇 마디 오가지도 않아서 할 말이 없어졌다.

계두가 다시 입을 열었다.

"무천 놈들이 언제 그만둘까?"

"……."

이번 말에도 대답이 곤궁했다.

모두들 주먹에는 한가락씩 한다는 주먹잡이들이지만 무인들의 세계에 대해서는 너무 무지했다. 한 가지, 그들이 익힌 무공은 싸움 몇 번 했다고 상대할 수 있는 것이 아니라는 것만 알고 있다.

파락호들 중에는 운 좋게 무공을 익힐 행운을 얻은 자도 있다.

그런 자를 다시 만날 때는 몸조심해야 된다. 특히 심하게 구박했던 자는 그가 사라질 때까지 나타나지 않는 것이 좋다. 더러 옛날을 떠올리며 막 대한 자도 있지만 결과는 으레 한결같았다.

무공은 파락호들에게 동경의 대상이다.

무인이 무공을 가르쳐 주겠다고 하면 앞뒤 가리지 않고 따라나서기도 한다. 그런 말에 속아서 알거지가 된 자도 있고 자신도 모르는 사이에 험한 일에 끼어들어 평생 도망자로 사는 자도 있지만 그래도 무인이 되고픈 욕망은 억누를 수 없다.

파락호들은 모두들 자신은 무인이 될 수 있다고 생각한다. 그렇게 생각하지 않는 자는 한 명도 없다. 기회가 닿지 않아서이지 기회만 닿는다면……

도대체 무인들이 제자를 거두는 기준은 어디에 있단 말인가?

"날생선 먹기도 지겹고…… 제길! 이래저래 도망 다녀야 할 팔자라면 오늘 저녁에 확 나가 버릴까?"

"입 닥치고 가만있어. 그러다 걸리면 우리까지 죽어."

"제길! 누가 그런댔나… 답답하니까 해본 소리지. 이놈의 냄새만 어떻게 해도……"

그의 말처럼 토굴 안은 지독한 악취로 가득했다.

밖으로 나갈 엄두도 내지 못하고 토굴 안에서 대소변을 해결하다 보니 어쩔 수 없이 발생하는 문제다.

"그래도 숨이 떨어질 때까지는 지켜봐야지."

결론은 이미 정해져 있었다.

독사와 불곰이 죽는 순간까지 지켜보자는 말은 그들에 대한 의리 때문이기도 했지만 지금 밖으로 나가면 개죽음밖에 당할 게 없다는 위기의식 때문이기도 했다.

그들의 예상은 보기 좋게 빗나갔다.

독사는 팔 주야째 접어드는 날 새벽 눈을 떴다.

밖은 날이 밝아오고 있지만 토굴 안은 여전히 캄캄하기만 했다.

"물⋯ 물⋯⋯."

독사는 심한 갈증을 느끼고 물을 찾았다. 자신이 물을 찾고 있는지도 몰랐다. 무의식 중에 내뱉은 말이다.

"엇!"

대물이 선잠을 자다 깜짝 놀라 일어났다.

토굴 생활 중에 한 가지 좋은 점이 있다면 잠을 실컷 잔다는 것이다. 할 일도 없고 이야깃거리도 떨어지고 난 다음부터는 틈만 나면 잠을 청했다.

처음에는 좋았다. 시간을 죽이는 방법 중에 잠을 자는 것만큼 확실한 방법도 없었다. 하지만 날이 지나고 잠이 충분해지면서부터는 대가를 치러야만 했다. 잠이 충분하니 깊은 잠을 잘 수 없었다. 깊이 잠들었다 싶다가도 옆에서 옷깃만 부스럭거리면 깨어나곤 했다.

지금도 그랬다. 밖에서라면 곤한 잠에 빠져 있거나 투전을 하고 있을 시각이지만 대물은 극히 미미한 소리에 눈을 떴다.

"방금 무슨 소리를 들었는데?"

누가 또 깨어나며 말했다.

"독사야. 독사가 말을 했어."

대물이 대답하기가 무섭게,

"뭐? 독사가 말을 했다고?"

"독사가 깨어났단 말야?"

여기저기서 한꺼번에 우르르 말문이 터져 나왔다.

대물은 급히 다가가 독사의 이마를 짚어보았다.

"아직도 열이 심하네. 잘못 들었나⋯⋯?"

대물이 긴가민가할 때 독사의 입에서 신음처럼 가는 소리가 또 새어 나왔다.

"물… 물……."

"물! 물을 찾고 있어! 빨리 물 떠와!"

대물은 자신이 물 떠올 생각은 하지 않고 고함부터 질렀다. 이것 역시 밖에서라면 꿈도 꾸지 못할 행동이다. 그는 언제나 뒷수발만 했으니까.

파락호가 손에 물을 담아왔지만 물을 가져오는 동안 손가락 사이로 다 빠져나가고 몇 모금밖에 남지 않았다.

대물은 한달음에 달려가 옷을 벗어 푹 담갔다.

땀과 먼지, 진흙으로 범벅된 옷이지만 그런 걸 생각할 겨를도 없었다.

대물은 옷을 들고 와 독사의 입에 대고 살살 짜기 시작했다.

독사가 입을 벌려 물을 받아 먹었다.

독사가 정신을 차린 이틀 뒤 불곰도 의식을 회복했다. 그리고 십여 일이 지난 다음에는 또렷이 말까지 하게 되었다. 몸을 약간만 움직여도 오장육부가 뒤틀리는 고통에 시달렸지만 그래도 열이 내리고 피똥을 싸지 않는 것만도 다행스러웠다.

"이거야 원, 내가 물고기도 아니고."

불곰은 언제나 먹을 것 타령이다.

사실 파락호 생활을 했지만 그것도 그리 나쁜 편은 아니었다. 수중에 돈이 없어서 그렇지 먹고 싶은 것, 마시고 싶은 것 마음껏 먹고 마셨다. 그들이 말을 하지 않아도 자리를 잡고 앉기만 하면 먹을 것과 마실 것을 내왔다.

"후후! 먹는 걸 타박하는 것 보니 많이 나았군."

독사가 웃음기 섞인 음성으로 말했다.

칠흑같이 어두워서 안색을 살필 수는 없지만 독사의 말하는 모습이 상상된다. 턱을 아래로 당겨 고개를 약간 숙이고 눈은 노려보듯 위로 치켜뜨고 이빨은 전혀 움직이지 않은 채 입술만 달싹거리며 말하고 있을 게다.

"사실이 그렇지 뭐. 익힌 것도 아니고 구운 것도 아니고, 그렇다고 내장을 발라낸 것도 아니고. 써서 못 씹겠다니까."

"그래도 많이 먹어둬. 그 덩치 유지하려면 웬만큼 먹어서는 어림도 없을 텐데. 하하!"

"그런데 어떻게 그놈들을 모두 작살 낸 거야? 한 대 맞으니까 뼈마디가 울리던데."

"후후."

독사는 지난 일을 이야기하지 않는다. 그 이야기를 들으려면 다른 사람에게 듣는 편이 빠르다.

"끄응! 그러나저러나 이거 냄새가 지독해서 못 참겠네. 아주 몸에 배는 것 같아. 이러다 계집도 껴안지 못할까 봐 겁난다니까. 몸에서 지린내 난다고 진저리치면 어떡해?"

"그런 일은 없을 것 같은데?"

"왜?"

"불곰 네가 껴안으면 숨 막혀서 냄새 맡을 겨를이나 있겠어? 하하하!"

"하하하!"

오랜만에 모두들 마음 놓고 웃었다.

독사가 있으면 언제나 든든하다. 독사가 혼절해 있을 때는 방귀조차도 소리가 새어 나갈까 봐 조심해서 뀌었는데 이제는 마음 놓고 웃을 수 있다. 비록 그가 대소변조차 혼자 힘으로는 가리지 못하는 중환자이지만 눈을 뜨고 있다는 것만으로도 큰 위안이 된다.

'이제 됐어. 우린 다시 일어설 거야. 독사가 있으니까 됐어.'

파락호들은 앞날이 걱정되지 않았다. 오직 한 사람, 대물만 빼고는.

독사와 불곰은 무서운 속도로 회복되었다.

워낙 건강한 체질들이고 싸움터에서 잔뼈가 굵어서인지 고통을 이겨내는 힘도 강했다.

토굴에서 물고기만 먹어가며 생활한 지 이십여 일이 지났을 때는 일어나 앉았다. 한 달이 넘어가면서는 몸을 움찔거렸고 한 달 하고도 보름이 지났을 때는 천천히 걸었다.

그리고 거기까지가 토굴에서 생활할 수 있는 한계였다.

"미안한 말이지만 웬만큼 걸을 수 있으면 나가자. 어떻게 무슨 수가 생기겠지."

이제는 악취가 너무 심해서 머리가 지끈지끈 아파왔다. 아프다는 느낌이 드는 것이 아니라 정말 아팠다.

잠깐잠깐 자맥질로 물 밖에 나가 맑은 공기를 쐰 사람들이 이 지경인데 토굴 안에만 틀어박혀 있는 독사와 불곰은 오죽할까.

모두들 나가고 싶은 마음이 간절했다.

"모두 앉아."

독사가 여느 때와는 다르게 묵직한 음성으로 말했다.

그가 이런 식으로 말할 때는 다른 패거리와 패싸움을 할 때뿐이다.

다른 때는 친구처럼 편하지만 싸움이 시작되기 전부터 완전히 끝났다고 생각될 때까지는 무서운 독재자가 되고 만다.

모두들 긴장하며 앉았다.

다른 자들에게는 제왕처럼 군림하는 불곰도 독사의 말에는 순순히 귀를 기울였다. 형영과 독사가 각별히 절친한 것은 너무도 당연했다. 한 명은 타고난 싸움꾼이고 또 한 명은 역발산 장사이니. 그것보다 어려서부터 한 집에서 자란 영향이 더 크겠지만.

독사는 자신의 손가락도 보이지 않는 어둠 속에서 잔잔한 음성으로 말을 시작했다.

"대물, 네 의견부터 말해 봐. 우린 어떻게 해야 될까?"

역시 싸움 직전의 회의다. 전에도 항상 싸우기 전에는 이런 회합을 가졌고 가장 먼저 대물에게 물어봤다.

"흩어져야지."

대물의 대답은 파락호들에게는 뜻밖이었다.

"대물, 너 제정신으로……."

"그만!"

독사가 말을 차단했다.

"계속 이야기해, 냉정하게 판단해서."

"변함없어. 흩어져야 해."

"이유는?"

"무천 무인들을 상대할 수 없으니까. 우린 벌집을 건드렸거든."

"……."

"난 청성산(青城山)으로 가려고 해. 운 좋으면 무공 도둑질을 할 수 있을 테고 운이 따르지 않아도 몸은 피할 수 있을 테니까."

대물은 미리 생각해 놓은 듯 거침없이 대답했다.

대물의 대답은 공감되는 바가 크다. 사고를 저지른 파락호들이 흔히 쓰는 도피법이기도 하다.

청성산은 도가(道家)의 성지(聖地)다. 무림 대문파인 청성파(靑城派)도 위치해 있다. 사천성(四川省) 오주(五柱) 중 일 주(一柱)인 무천문 무인들도 함부로 검을 휘두를 수 없는 지역이다.

청성산에서는 살육을 행할 수 없다. 그런 일은 청성파를 적으로 간주했을 경우에나 가능하다. 그렇기 때문에 청성산까지 찾아와 뒷덜미를 낚아채는 지독한 놈이 있어도 살 희망이 있다. 청성산 안에서 벌어진 일은 하나도 빠짐없이 청성파에 기별을 넣어야 하고 천하의 악인이라도 도인들 앞에서 변명할 기회가 생긴다.

모순되게도 정파무림의 대들보인 구파일방(九派一幇) 중 하나인 청성파가 파락호 같은 자들에게 피신처를 제공하고 있는 것이다.

"난 용호사(龍虎寺)로 가야겠어. 이 덩치면 불목하니 노릇은 제대로 할 수 있을 거야."

불곰 형영이 말했다.

그도 자신의 거취에 대해 깊은 생각을 가진 듯하다.

"뭐야, 이거? 모두들 그런 생각을 하고 있었던 거야? 그럼 우리는? 우리는 어디로 가라고?"

쇠스랑이 눈을 부라리며 말했다. 어두워서 보이지는 않지만 이런 식으로 말할 때면 언제나 눈을 부라리곤 했다.

"흐흐! 결국 이렇게 되는군. 이럴 줄 알았지. 난 옥천(玉川)으로 가야겠네. 거기 삼촌이 사시거든. 그 집도 지지리 못사는데 군입 하나 더 붙일 수 있을지 몰라."

돌주먹이 툴툴댔다.

돌주먹도 결국은 이렇게 되리라는 것을 예상한 듯하다.

"야, 돌주먹! 너까지 그래? 병신 같은 놈들! 그래, 다 도망가라, 도망가! 나 혼자 남아서 무천 놈들에게 뼈를 추릴 테니까 모두 도망가!"

쇠스랑이 서운해하는 데는 이유가 있다.

토굴에 모여 앉은 일곱 명 중 유독 그만이 노부모를 모시고 있다. 아버지는 장님이고 어머니는 앉은뱅이다. 그리고 자식이라고는 그 혼자뿐이다. 남에게 빼앗은 돈을 흥청망청 쓰지 않고 착실히 모은 연유도 그 때문이다.

떠날 수 없는 게다.

떠날 수 없는 사정을 대자면 모두 한두 개씩은 나오겠지만 쇠스랑처럼 절박한 사정은 없다.

대물, 계두, 돌주먹, 사팔…… 굳이 그들을 말하지 않고 불곰을 생각해도 사정은 나온다. 설향이는 생각하지 않아도 부모가 있지 않은가? 쇠스랑처럼 자식이라고는 불곰 하나뿐이고.

그러나 불곰은 떠날 수 있다. 밥벌이라면 불곰보다 오히려 훈장 선생이 더 낫다.

"계두는? 갈 데 있나?"

독사가 물었다.

"찾으면 한두 군데는 나오지. 요는 무천 놈들에게 들키지 않을 곳이어야 하는데… 그냥 대물이나 따라갈까 생각 중이야. 알다시피 내 머리는 텅 비었으니까 저놈을 따라가면 괜찮지 않을까 싶어서."

대물이 정색을 했다.

"누굴 골탕 먹이려고 날 따라온다고 그래?"

"대물!"

"왜?"

"죽기 싫으면 입 다물어라."

새대가리 계두는 머리는 텅 비었지만 싸움 하나는 기가 막히게 잘한다. 오죽하면 독사 곁에 머물 수 있었을까. 대물이 상대할 수 있는 자가 아니다, 주먹으로는.

"정말 물귀신이 따로 없네. 좋아, 그럼 하나만 약속해."

"뭘?"

"무조건 내 말을 듣겠다고. 안 그러면 잠자는 사이에 도망가 버릴 테니까."

"알았어, 알았어."

계두는 의외로 쉽게 승낙했다.

"독사 넌 어떻게 할 건데?"

사팔이 물었다.

"글쎄… 나가봐야지. 나가보면 길이 나오겠지."

사팔과 돌주먹은 잠시 망설였다.

생각 같아서는 독사와 같이 있고 싶지만 그의 주위에는 늘 파란이 뒤따른다. 어찌 된 놈이 한날한시도 가만있지 못한다. 그는 가만히 있지만 주위 환경이 그를 싸움판으로 내몬다. 싸움의 마가 끼었다고나 할까?

"독사… 난… 미안하지만 대물을 따라갈게. 다른 생각은 없어. 청성산이라면 몸을 숨길 수 있을 것 같아서."

"후후! 내게 미안할 것 없어. 무천 무인들이 집중적으로 찾는 자는 나와 불곰, 우리 둘과는 행동을 같이하지 않는 게 좋아."

독사는 패거리의 마음을 편하게 해주었다.

반면에 대물은 펄쩍 뛰었다.

"몸을 숨길 곳이 왜 청성산뿐이야! 아미산(蛾嵋山)도 있잖아! 아미산이나 청성산이나 뭐가 다르다고 나만 쫓아오려고 그래? 가깝기는 오히려 아미산이 더 가깝다고!"

사팔의 목에서 우두둑 하는 소리가 났다.

그는 항상 싸움을 하기 전에 목을 한 바퀴 휘저었고 그러면 목뼈에서 경쾌한 소리가 났다.

"제길! 주먹이면 단가……?"

대물이 투덜거렸지만 이미 사팔의 결정은 끝난 듯하다.

모두들 갈 곳이 정해지고 쇠스랑만 남았다.

모두 침묵했다. 쇠스랑의 사정을 모르는 것도 아니고 뾰족한 방법이 생각나는 것도 아니다. 그렇다고 쇠스랑 혼자만 남겨놓고 떠난다는 것은 그보고 죽으라는 말과도 같다.

무거운 침묵이 모두의 가슴을 한 바퀴 휘저었을 때 독사가 말했다.

"쇠스랑, 너도 대물 따라서 청성산으로 가든가 그게 싫으면 아미산으로 들어가. 삼사 년 정도 지나면 조용해지겠지. 그때나 나와. 부모님 걱정은 하지 말고. 부모님은 그 집에 계속 계실 거야. 명심해. 최소한 삼사 년이야. 그전에는 찾아뵐 생각 하지 마."

"뭐? 무슨 수로……?"

"부모님은 내게 맡겨."

"……."

제 몸조차 가누지 못하는 독사가 운신이 자유롭지 못한 두 사람을 떠맡는다는 것은 어불성설이다. 하지만 독사가 말했다. 입 밖에 낸 말은 무슨 일이 있든 지키고야 마는 독사가 자신에게 맡기라고 했다.

"독사……?"

쇠스랑이 덜덜 떨리는 음성으로 독사를 불렀다. 쇠스랑답지 않게 눈물이라도 떨구는 듯하다. 독사가 못 들은 척 말했다.

"나가면 즉시 흩어지자. 나눌 인사가 있으면 여기서 모두 나누고."

파락호들은 참기 힘든 역한 냄새도 잊어버리고 긴 시간 이야기를 나눴다.

"북어 그 새끼, 그 새끼 때문에 내가 쇠스랑을 들었다니까. 그 새끼만 아니면 내가 그걸 왜 들어. 이구!"

"하하하! 만나면 고맙다고 인사라도 해야겠네. 넌 쇠스랑 든 다음부터 펄펄 날았잖아. 솔직히 그전에야 별 볼일 없었지 뭐."

지난 이야기를 할 때는 흥분도 했다. 웃기도 하고 분노를 터뜨리기도 했다.

오랜 이야기가 주마간산(走馬看山) 식으로 슬쩍슬쩍 지나가고 이야기보다 떠나야 할 때라는 생각이 머리 속에 자리 잡으면서는 침울한 분위기가 되었다.

아무도 입을 열지 않았다.

"언제 다시 만날 수 있을까?"

사팔이 말했다.

"만나긴, 그럭저럭 살다가 죽는 거지. 그동안 재미있었다. 잘들 살아라."

돌주먹이 툭 내뱉었다.

사실 기약은 없다. 그저 헤어지는 것이 아니라 무천 무인들에게 쫓기는 몸이다. 기약이 있을 수 없다.

독사가 말했다.

"나가자. 모두 손 한 번씩 잡아보고 나가. 밖에 나가서는 수다 떨 것 없이 바로 흩어져. 몸조심하라는 말도 필요없어. 몸… 조심들해."

第四章

정인(情人)으로서

1

정인(情人)으로서

날씨는 기분 좋을 만큼 선선했다.

어느새 한여름을 훌쩍 넘기고 아침저녁으로 서늘한 바람이 부는 가을로 접어들었다. 푸르렀던 나뭇잎은 노란색으로, 빨간색으로 덧칠을 해나갔다.

사박! 사박……!

낙엽 밟는 소리는 사람 마음을 차분하게 가라앉혀 준다.

독사는 산속 깊이 파고들었다.

사람들의 발길에 반질반질 닦인 길이 사라지고 낙엽이 듬뿍 쌓인 길 아닌 길이 나타났다.

독사는 나무의 모습이며 바위의 위치 등을 유심히 살피며 발길을 옮겼다.

산에서는 길을 잃기 쉽다.

'돌아 나오면 그만이다' 라고 생각하기 쉽지만 막상 돌아 나오려고 하면 어디가 어딘지 분간이 되지 않는다. 무조건 산 정상을 향해 올라가는 것이나 물이 흐르는 곳을 찾는 방법도 소용없을 때가 왕왕 있다. 길 없는 산일 경우에는 특히 그렇다. 골이 깊은 산일 경우에는 말할 필요도 없다.

독사는 밝은 낮에도 어둠이 드리운다는 깊은 산을 망설임없이 타고 올라갔다.

이마에 땀이 맺혔다.

다른 때라면 한달음에 치달렸을 산길이지만 걸음을 떼어놓기도 힘든 처지에 산을 타는 것은 역시 무리였나 보다.

'조금만 더 가면 돼.'

걸음을 떼어놓을 때마다 내장이 출렁거리는 느낌이다. 바늘로 꼭꼭 쑤시는 듯한 통증이 여전히 육신을 괴롭힌다.

모두들 무사히 빠져나갔을까?

싸움이라면 이골이 난 자들이다. 어떤 때는 도망가는 놈을 추적도 해보았고 되려 추적을 당하기도 했다. 어떤 경우에도 절체절명의 위기를 느껴본 적은 없지만 추적자의 심정도, 도망자가 해야 할 일도 잘 알고 있다.

적어도 백 리 밖까지 도주하기 전에는 무천 무인들의 손아귀에서 벗어났다고 할 수 없다. 도망자가 혈족을 만난다는 것은 나 잡아라 하고 포고하는 것과 다름없다.

모두들 그 누구의 눈에도 띄지 않도록 조심하면서 길을 재촉하고 있을 게다.

독사는 울창한 수림을 헤치고 나갔다.

졸졸 흐르는 개울물이 나타났다.

"휴우!"

독사는 깊은 한숨을 내쉬며 개울물을 떠서 목을 축였다. 얼굴도 씻고 목도 닦았다.

한여름에는 상쾌하기만 하던 개울물이 손이 시릴 만큼 차가워졌다. 졸졸 흐르는 모습도 더욱 투명해진 것 같다.

물속의 돌을 들추자 가재 한 마리가 황급히 몸을 피한다.

독사는 가재를 잡아 날로 씹어 먹었다.

두툼한 껍질이 이빨을 부러뜨릴 듯 저항했고 맛도 시큼털털하니 개운치 않았지만 독사의 굶주린 뱃속은 이것저것 따질 형편이 아니었다.

독사는 가재 세 마리를 더 잡아먹은 후 개울물을 따라 위로 거슬러 올라갔다.

누가 이 깊은 골짜기까지 들어와 살았을까? 세상에 무슨 죄를 지었기에 이런 곳까지 들어와 둥지를 틀어야 했을까?

잡초가 집 안까지 그득한 폐가를 찾을 때마다 드는 생각이다.

폐가는 사람이 살 만한 곳이 아니었다. 천장은 뻥 뚫렸고 바닥은 흔적없이 사라져 버렸다. 대신 그곳에 무성한 잡초가 자라고 있다. 집이라고 할 수 있는 것은 다 허물어져 형태만 남아 있는 벽뿐이다.

독사는 익숙한 발걸음으로 폐가 뒤쪽으로 돌아갔다.

그곳에는 옆이 깨어진 작은 솥 하나가 흙과 범벅이 된 채 뒹굴고 있었다.

절반쯤 땅속에 파묻혀 있는 솥을 캐어낸 독사는 솥을 들고 집 안으로 들어섰다.

이번에도 망설이지 않고 걸음을 떼어놓았다.

벽밖에 남지 않은 문을 서너 개 넘어선 후 전에는 아궁이였던 곳에 이르러 아궁이 속으로 손을 쑥 집어넣었다.

그의 손에 토끼 가죽으로 만든 완갑(腕鉀)이 들려 나왔다.

완갑은 완갑인데 이상한 모양이다. 완갑의 넓이는 손가락 길이 정도로 아주 작았다. 이상한 것은 완갑에 붙어 있는 활이다. 서너 살배기 아이들의 장난감으로나 쓸 수 있을 것 같은 아주 작은 활이 완갑에 붙어 있었다.

독사는 완갑을 왼 팔목에 찼다.

소궁의 활대가 하완(下腕:아랫팔)에 꼭 맞았다.

팔꿈치를 몇 번 굽혀보았지만 전혀 불편하지 않았다.

이번에는 고자닢(활대 끝 부분)을 잡아 아래로 쑥 당겼다.

완갑에 활의 정가운데 부분인 줌피가 걸렸다.

활을 약간 비틀어 비스듬히 돌렸다. 그러자 완갑과 어우러진 소궁(小弓)은 아주 작은 쇠뇌의 형태를 띠었다. 팔목이 쇠뇌틀이다. 뒷부분에 있어야 할 방아쇠는 오른팔이 대신한다.

기묘한 완갑이었다.

활을 끄집어내 비틀면 소궁으로 변신하고 다시 원래대로 비틀어 밀어 넣으면 감쪽같이 옷 속에 파묻혔다.

독사는 시위를 튕겨 활의 힘을 점검했다.

여전히 센 활이다. 장난감 정도에 지나지 않는 소궁이지만 전력을 다해 당겨야 할 만큼 강도가 세다.

다시 손을 집어넣어 화살을 꺼냈다.

화살도 기이한 모양이다. 장난감 같은 소궁에 걸맞게 화살도 빈약하기 이를 데 없다. 대나무로 만들어졌고 길이는 하완 정도, 굵기는 연이나 만들면 딱 좋을 만큼 가늘다. 촉도 달려 있지 않다. 끝을 다듬어 날카롭게 만들었을 뿐이다.

독사는 스무 개가량 되는 화살을 완갑 아랫부분에 찔러 넣었다.

개울에서 솥을 깨끗이 닦았다. 깨끗이라고 해봐야 흙을 닦아낸 것에 지나지 않는다. 옆이 깨어지고 녹까지 슬어서 솥으로서의 기능은 못할 듯싶다.

솥을 한구석에 놓고 소궁을 꺼냈다. 대나무 화살도 걸었다. 그리고 기다렸다.

펄쩍!

드디어 기다리던 놈이 나타났다.

누구나 무심히 지나칠 개울이지만 찾아보면 의외로 먹거리가 많다.

쒜에엑……!

화살이 허공을 찢으며 날아 아무것도 모른 채 세상 밖으로 나온 개구리의 몸통을 관통했다.

개구리는 펄쩍 뛰어오르더니 사지를 바르르 떨었다.

가만히 내버려 두었다. 먹이는 먹이를 부른다. 약육강식(弱肉强食)의 세계에서 강자는 약자보다 몸통이 큰 법이다. 먹이를 부르지 않아도 좋다. 다른 놈이 또 나타나기를 기다리면 된다.

한 시진이 지난 후 독사는 소궁을 밀어넣고 일어섰다.

주변에는 개구리며 뱀이며 가지가지 시신으로 가득했다.

하나하나 주워 솥 속에 집어넣고 끓였다.

가는 연기가 피어오르고 나무 타는 냄새가 구수하게 번져 나갔다.

누군가가 연기를 보고 달려올 수도 있지만 염려하지 않았다. 연기는 구음곡(九陰谷) 밖으로 벗어나지 않는다. 산 정상에 올라서지 않는 한 발견되지 않는다.

독사는 솥이 팔팔 끓기를 기다려 나뭇가지로 만든 저금으로 개구리를 건져 먹었다. 껍질 벗긴 뱀도 건져 먹었다. 건더기가 모두 없어지고 뿌연 국물만 남자 솥째 들어 홀홀 마셨다.

'우선 몸부터 회복시켜야 돼.'

다음날 날이 밝자마자 독사는 몸을 회복시키기 위해 운동을 시작했다.

아침으로 가재를 잡아 삶아 먹고 폐허를 빙빙 돌았다. 가급적이면 땀이 뻘뻘 쏟아지도록 무리를 하면서 걸었다.

세상에는 편안하게 요양을 해야 낫는 병도 있지만 이겨내야 하는 병도 있는 법이다.

파락호들은 대체로 후자를 택한다.

죽도록 얻어맞은 다음에도 억지로 몸을 일으켜 활동한다.

점심 무렵까지 쉬지 않고 폐허를 돈 탓인지 전신이 후줄근한 땀으로 흠뻑 젖었다.

점심은 포식했다. 운 나쁘게도 폐허 곁에 나타나 눈을 말똥말똥 뜨고 바라보던 토끼가 잘 삶아져서 뱃속으로 들어갔다.

맛으로 치자면 구워 먹는 것이 훨씬 맛있다. 삶아 먹으려면 양념을 해야 하는데 산속에 양념이 있을 리 없으니 맨송맨송한 맛이다.

그래도 군이 삶아 먹은 것은 상처 난 내장을 다스리는 데는 국물만한 것이 없기 때문이다.

오후에는 활 쏘기 연습을 했다.

전에는 사냥만 하는 선에서 만족했기에 빠르고 강한 활이 필요치 않았지만 혹시 모를 무천 무인들과의 싸움을 대비해서 조금이라도 기량을 높여놔야만 한다.

한림과의 싸움에서 겪어봤지만 주먹다짐으로 무인들과 싸운다는 것은 섶을 지고 불속으로 뛰어드는 것과 진배없다. 되도록이면 거리를 두고 공격할 수 있어야 한다. 그러자면 활처럼 좋은 병기도 없다.

나무판을 구해 오 보(五步) 밖에 세워두고 화살을 쏘았다.

쉬익! 쉬이익……! 탁탁탁……!

과녁에서 콩 튀기는 소리가 났다.

독사가 날린 화살 다섯 개 모두 과녁 한가운데에 틀어박혔다.

과녁을 놓치면 그게 더 이상했다.

일반적으로 보사(步射) 거리는 사십 보다. 궁수(弓手)라는 말을 듣는 사람들은 근후(近侯)를 팔십 보로 계산한다. 중후(中侯)는 백팔십 보이며 원후(遠侯)는 이백사십 보이다.

오 보라는 거리는 굉장히 짧은 거리다. 평범한 사람이라도 한달음에 턱 앞까지 짓쳐들 수 있는 거리이며 화살이 아니라 돌멩이를 던져도 백발백중이 될 수밖에 없는 거리다. 하물며 심심파적으로 익힌 독사의 궁예(弓藝)는 이미 일정 수준을 넘어서고 있었다.

쉬익! 쉭! 쉭쉭쉭……!

다시 화살 다섯 개를 날렸다. 그리고 화살은 제집이라도 찾아들어가듯 정확히 과녁 한가운데에 틀어박혔다.

독사가 중점을 두고 수련하는 부분은 연사(連射)다.

먼 거리도 필요없다. 아니, 무천 무인들을 염두에 두었을 때는 오히려 부적합하다. 지극히 짧은 거리에서 눈 깜짝할 사이에 화살을 쏠 수 있는 능력을 구비해야 한다.

쉭쉭쉭……!

독사는 해질녘까지 활을 놓지 않았다.

만산이 홍엽(紅葉)으로 물들더니 두꺼운 옷을 입지 않으면 안 될 만큼 추운 계절이 돌아왔다.

산속에서 맞이한 초겨울은 유난히 추웠다.

그 무렵 독사의 상세는 완전히 완쾌된 후였다.

몸에 난 자질구레한 상처는 진작 나았고 의원이 염려하던 내상도 말끔히 회복되었다.

독사의 일과도 달라졌다.

아침부터 점심까지는 산 정상까지 치달려 올라갔다 내려오는 것으로 바뀌었다. 처음에는 산보 걸음으로 올라가기도 벅찼지만 날이 지날수록 발걸음에 속도가 붙었다. 몸이 회복된 다음에는 예전처럼 중간에 두어 번 쉬는 것으로 백 장이 훨씬 넘는 가파른 산등성이를 탈 수 있었다.

오후에는 어김없이 보사 수련을 했다.

과녁도 바뀌었다.

오 보 거리인 것은 변함없지만 과녁이 한 개에서 다섯 개로 늘었다.

과녁과 과녁 간의 거리는 십 보.

독사는 각기 떨어져 있는 과녁을 향해 연사를 날렸다.

쉭쉭쉭……!

참나무 화살은 어김없이 과녁에 틀어박혔다.

폐가에 놔두었던 대나무 화살은 남아 있지 않았다. 하루에 일천 회(一千回) 이상을 쏴댔으니 남아날 턱이 없다.

독사가 생각한 활에 가장 적합한 화살은 대나무로 만든 것이지만 아쉬운 대로 참나무를 깎아서 만들어 사용했다.

삼합사(三合絲)로 엮은 시위도 끊어져서 다른 것으로 대체한 상태였다. 산속에서 구할 수 있는 것은 동물. 여우를 잡아 힘줄을 뜯어내 말려서 시위로 만들었다.

모든 것이 부족했지만 화살만은 정확히 날아가 꽂혔다.

"휴우!"

독사는 이마에 흐르는 땀을 닦아내며 굵은 한숨을 내쉬었다.

보사 천 회를 막 끝낸 다음이다.

연사 속도도 빨라져서 전 같으면 해가 산 너머로 넘어간 다음까지 화살을 쏘아대야 했지만 지금은 날이 훨씬 짧아졌는데도 아직 해가 남아 있다.

욕심 내지는 않았다.

전에 한 번 날이 남아 있기에 해가 질 때까지 화살을 쏘아댄 적이 있다.

아마도 이백여 회는 더 쏜 것 같다.

덕분에 이틀 동안이나 활을 쏘지 못했다. 팔이 아파서 시위를 당길 수 없었다. 억지로 시위를 당겨봤지만 힘줄에 무리가 간다는 것을 여실히 느꼈다.

그 후부터는 절대 무리하지 않았다.

힘이 넘쳐 나 더 쏘아도 무리가 없다고 판단될 즈음에 오십 회쯤 늘릴 생각이다.

눈발이 떨어졌다.

올해 들어 첫눈이다.

아직까지 무천 무인들이 찾아오지 않은 것을 보면 구음곡이 깊기는 깊은 골짜기인 듯싶다.

'눈이 오니 큰 짐승을 잡아도 되겠어. 얼려났다 먹으면 되니까. 벌써 겨울이군.'

눈에 밟히는 사람이 많다.

불곰, 돌주먹, 쇠스랑, 계두, 사팔…… 그리고 요빙.

모두들 무사할까? 어디서 큰 고역이나 당하고 있는 것은 아닌지.

그런데 막 그리움에 젖어들려던 독사가 눈을 반짝 빛냈다.

그는 황급히 생각해 두었던 나무 뒤로 몸을 숨겼다. 사람 그림자를 보게 되면 제일 먼저 몸을 숨길 곳으로 몇 번이고 점찍어 두었던 나무 뒤다.

그러나 나무 뒤로 몸을 숨겼던 독사는 곧 희미한 미소를 띠며 다시 나왔다.

독사가 말했다.

"먼 길 오셨습니다."

2

정인(情人)으로서

"헉헉! 나도 이제 늙었나? 되게 힘드네."

폐가를 찾아온 손님은 오십 대 중반쯤 되어 보이는 키 작은 장년인이었다.

몸집은 다부졌으며 눈, 코, 입이 커서 시원시원했다. 키만 작지 않았다면 쾌남으로 불려도 손색없는 사람이다.

"넌 좋아 보이는데?"

"많이 좋아졌습니다."

"그래야지."

장년인이 바위에 앉아 신발을 벗어 털었다.

나이는 오십 줄에 들어섰지만 행동이 거침없어 누구라도 스스럼없이 사귈 수 있는 사람 같다.

사람들은 그에게 '벙어리' 라는 이름을 붙여주었다.

그는 벙어리다. 사람들 앞에서만 말을 못하고 손짓발짓으로 의사 표현을 하는 벙어리다. 그가 영은촌에 모습을 드러낸 이십 년 전부터 벙어리였고 지금도 벙어리다.

예외는 있다. 주위에 아무도 없고 훈장만 있을 때는 정상인처럼 입을 연다.

이 년 전 훈장이 독사에게 심부름을 시킨 적이 있다.

그때도 벙어리는 입을 열었다. 그리고 그 후에는 독사에게도 입을 열었다.

독사 패거리도 벙어리가 말을 할 수 있다는 사실은 모른다. 훈장 아들인 불곰조차도 까마득히 모른다.

"불곰 소식은 들으셨습니까?"

독사가 벙어리 옆에 앉으며 물었다.

"제 목숨 구하기 급해서 도망간 놈이 소식은 무슨 소식, 무소식이 희소식이지. 미련한 놈, 이렇게 가까운 데 이렇게 좋은 곳이 있는데 용호사라니."

"용호사에 무석(無石) 스님이 계시잖습니까?"

"스님은 무슨 스님, 돌팔이에 사기꾼이지."

독사는 해지는 서녘 노을을 바라보았다.

노을은 언제 봐도 아름답다. 팔팔 날뛰지도 않고 그저 포근히 세상 만물을 감싸준다. 모든 걸 용서해 준다. 이제 그만 편히 쉬라고 귓가에 대고 속삭이는 듯하다.

벙어리가 입을 열어 궁금증을 풀어주었다.

"네 말대로 쇠스랑인가 쇠꼬챙이인가 하는 놈 부모는 내가 돌보고 있다. 미련하게 아이를 시키면 어떻게 해, 무천 놈들이 지키고 있을 줄 뻔히 알면서? 한천교 밑이 한바탕 난리가 났었어. 토굴을 파헤치느라고."

"그럴 줄 알았습니다만 이미 버린 곳이라 상관없다 생각했습니다."

"상관없기는…… 개를 풀어서 뒤쫓는다 어쩐다 난리가 아니었는데. 그만한 생각도 없어?"

"……."

독사는 잠시 말을 잃었다. 토굴에서 악취를 맡으며 지내던 일이 머리 속을 스쳐 갔다.

"아버님은 어때요?"

"그 노인네야 여전히 그렇지 뭐. 코흘리개 데려다 놓고 씨알도 먹히지 않는 글공부를 시키고 있지. 네놈 덕분에 글 배우는 놈들이 많아졌어. 창기 자식들이라니. 크크크! 독사 패거리의 후신(後身)들이지. 벌써부터 패거리를 지어가지고 또래 꼬마들을 두들기고 다니니까."

"어머님은요? 단단히 화나셨겠군요."

"흐흐! 말도 아니지. 화가 나도 단단히 났지. 개뼈다귀 하나 들어와서 집안 망친다고. 훈장어른보고 어디서 그런 놈을 주워왔냐고 패악이 이만저만이 아니었지."

알 만했다. 형영의 모친은 처녀 적부터 사납기로 소문났으니 튀어나오는 말도 고울 리 없다. 몸집도 훈장의 두 배는 됨 직하다. 아마도 형영의 몸집은 어머니에게서 물려받은 듯하다. 기질은 훈장에게서 물려받았고.

"그래서 훈장어른이 뭐라고 한 줄 알아?"

"입 닥쳐."

"후후! 그래."

"이젠 나이도 드셨으니 말 좀 골라서 하시지."

"형수님은 그 방법이 아니면 안 돼. 그렇지 않으면 머리 꼭대기에 올라선다니까."

"……."

"그건 그렇고… 살기는 괜찮냐?"

"그럭저럭요."

벙어리가 입을 달싹거렸다. 그러나 말은 나오지 않았다.

'뭔가 할 말이 있어.'

독사는 눈치로 직감했다. 벙어리는 그냥 온 것이 아니다. 무엇인가 할 말이 있기에 힘든 길을 찾아온 게다. 그러나 벙어리도 독사처럼 마음이 내켜야 말을 하는 버릇이 있다.

"앞으로 어떻게 할 건데?"

"글쎄요, 우선 몸을 회복시키기에 바빠서 이것저것 생각해 보지 않았습니다."

"행여나 마을로 내려올 생각은 하지 마."

'아직도?'

벙어리의 말 한마디에서 독사 패거리의 가족들이 어떤 고충을 겪고 있는지 짐작되었다.

무천 무인들은 거의 사 개월이 지났는데도 포기하지 않고 있다.

"한(翰) 장주(莊主)가 무인을 고용했어."

짐작하고 있었다. 한 장주는 자식의 죽음을 방관하지 않는다. 단지 코뼈를 부러뜨렸다는 이유만으로 어린아이를 초주검까지 몰고 간 사람이다.

"잔심마도(殘心魔刀)라고… 무림에서도 손속이 맵기로 소문난 사람이야. 네가 중상을 입으며 때려눕힌 한림 일당쯤은 일도(一刀)에 베어 낼 수 있는 작자야."

"……."

"현상금이 한 사람당 은화 오십 냥이야."

"네엣?"

그 말에는 독사도 놀랐다.

은화 오십 냥이라면 독사가 일평생 모아도 모으지 못할 엄청난 금액 이었다. 쌀이 오백 섬이지 않은가?

"네게 죽은 놈들… 하나같이 잘사는 작자들을 아비로 두었어. 큭큭! 아마도 평생 쫓기게 될 거다. 잔심마도를 고용한 대가는 따로 있겠지. 조심하도록 해."

독사는 할 말이 무엇이냐고 묻고 싶었다. 말이 목구멍까지 치솟아 하마터면 튀어나올 뻔했다. 결코 이런 말들은 아니다.

"무천 무인들은 조용히 해결하려고 했던 모양인데 너희가 쥐새끼처 럼 빠져나가는 통에 죽은 놈들의 아비들이 발벗고 나섰지. 들리는 말 로는 잔심마도 외에도 여러 명이 뒤쫓고 있다고 하더만."

자신의 패거리들은 모두 빠져나간 듯하다.

하기는 영은 지리라면 손바닥 들여다보듯 알고 있으니 뒷길인들 모 를까. 다른 곳에서라면 몰라도 영은을 바닥으로 해서는 잡기 힘들었을 게다.

"저… 요빙은 어떻게 됐습니까?"

독사는 퍼뜩 스쳐 가는 생각이 있어 물었다.

벙어리가 잠시 뜸을 들이다 말했다.

"어떻게 되긴… 무천 놈들에게 잡혀 있지. 행여나 나설 생각은 하지

마. 나서면 바로 죽어. 잡혀 있기는 해도 목숨은 위험하지 않으니 이대로 있는 편이 좋아."

'이거였어!'

독사는 벙어리가 찾아온 까닭을 알아냈다.

무천 무인들이 요락 기녀들의 목숨을 담보로 위협하고 있는 게다.

위협의 농도는 상당히 짙을 게다, 벙어리가 몸소 찾아올 정도로. 하지만 독사를 대하자 차마 죽으러 가라는 말은 못 하는 것이겠고.

벙어리는 냉철한 사람이다.

사람들은 모른다. 벙어리가 어떤 사람인지. 겉모습만 보면 무골호인(無骨好人)으로 생각되겠지만 속에는 진정한 강단(剛斷)이 숨어 있다.

벙어리가 찾아왔다는 것은……

훈장어른이 최종 통보를 받았다. 독사 패거리가 나타나지 않으면 요빙 등을 죽이겠다고.

그런 통보를 할 만한 데는 두 군데다.

한 군데는 무천문이고 또 한 군데는 죽은 자들의 가문이다.

독사가 석양에 눈길을 주며 물었다.

"뒤따라오는 사람은 없었습니까?"

"그 정도 신경이야 쓰지."

"어련하시겠어요?"

지나가는 말이 아니다. 벙어리가 추적을 따돌리는 비법(秘法)은 타의 추종을 불허한다. 벙어리가 도망자라면… 아무도 잡을 수 없다고 단언할 수 있다.

"최종 날짜가 언제입니까?"

"…무슨 소리야?"

"요빙을 죽이겠다는 날 말입니다."

"죽이긴 누가 죽여?"

"후후!"

벙어리가 독사를 쳐다봤다. 그러다가는 한숨을 쉬며 석양에 눈길을 주었다. 독사처럼. 그리고 말했다.

"보름. 보름달이 뜰 때. 아는 바가 없다고 해도 막무가내네. 그것 참……."

"정말 죽일 것 같습니까?"

"……."

"어느 쪽입니까? 무천문입니까, 아니면……."

"무천문이 그럴 리 있나. 그래도 정도문파인데."

"한 장주입니까?"

벙어리는 고개를 끄덕였다.

"한 장주라면 그럴 수 있죠. 누군가 나타날 때를 대비해서 무인들을 배치해 놨겠군요."

"구해내기는 힘들 거야."

가슴이 답답했다. 벙어리의 말은 사실이다. 무인이 배치되어 있다면 요빙을 구해내기란 하늘의 별 따기다.

벙어리가 계속 말했다.

"그동안 장가림과 기녀 세 명을 무천문에서 잡아놓고 있었는데 가주들이 나서자 인계했지. 공식적으로는 손을 뗀다면서. 하지만 떼지는 않았을 거야. 무천문을 건드리면 안 된다는 경고를 할 필요가 있으니 아직도 찾아다니고 있을 거야. 무천문 입장에서는 사안이 중요한 것도 아니고 들춰봤자 망신만 당하는 일이고 날짜는 자꾸 지나가고……. 어떻게든 정리할 필요가 있었겠지."

"……."

독사는 대답없이 생각에 잠겼다.

아무리 머리를 굴려보아도 요빙을 구해낼 방도가 서지 않는다. 요빙만 있다면 또 모르거니와 움직임조차 빠르지 않은 설향과 소홍, 거기에 장가림까지 있다면…… 모두 구해낼 수는 없다.

시간이 한참 흐른 뒤에야 힘들게 입을 뗐다.

"훈장어른께서는 뭐라십니까?"

"휴우! 그 어른이라고 무슨 뾰족한 수가 있겠나? 속수무책(束手無策)이지 뭐. 연락도 하지 말라시네. 한 번 아는 척을 하면 끝없이 시달린다고. 아는 척을 해봤자 너희도 죽고 계집도 죽는다고. 그럴 바에야 한쪽만 죽는 게 낫다고."

두 사람은 다시 말을 잃었다.

한 사람은 답답해서 올라왔고 또 한 사람은 이제 막 답답해지기 시작했지만 두 사람 모두 아무 생각이 나지 않았다.

"내려가셔야죠."

"그래야지."

"아버님께 안부나 여쭤주세요."

"여기 온 것도 모르는데 뭘."

"……."

"휴우! 너도 대책이 없을 줄은 알았지만… 그래도 혹시나 해서 와봤지. 훈장어른 말이 맞아. 죽을 바에야 한쪽만 죽는 게 낫지. 충고 하나 해줄까?"

"해보세요."

"이번 일은 모른 척해. 기껏해야 창기고 하룻밤 풋사랑에 불과하니까."

"……"

"충고 하나 더 해줘?"

"……"

"영원히 도망 다니며 살기 싫으면 무공을 배워, 그것이 네 갈 길이라면. 아미파와 청성파는 팔대 조상까지 파 헤집고 난 다음에야 문도를 받아들이니 안 될 테고 사문(私門)을 찾아야 되는데… 북쪽으로 가봐. 동천주(潼川州) 삼태(三台)에 가면 현문(玄門)이라고 있어. 오주(五柱)에는 끼지 못했지만 독특한 절기(絶技)가 있지. 입문만 하면 숨는 것도 큰 문제 없을 거야. 물론 독사는 잊어버려야지. 현문도 명문 자제들만 문도로 받아들이니까. 요령은 일러주지 않아도 잘 알 테고. 현문에 가면 왕각(王珏)을 찾아. 큰 도움은 안 되겠지만 없는 것보다는 낫겠지.

"당문(唐門)은 어떻습니까?"

뜻밖에도 독사는 흥미를 보였다.

벙어리는 말없이 독사를 쳐다봤다.

그의 입에서 다시 가는 한숨이 새어 나왔다. 하룻밤이든 백 년 동안이든 정을 준 여인은 책임져야 한다는 것이 벙어리의 지론(持論)이다. 그래서 무인들의 이목을 따돌리며 구음곡까지 찾아왔다. 하지만 도둑질, 사기, 주먹질 등등으로 방탕한 세월을 보낸 파락호에게 인간의 도리를 말한다는 게 무리였던 것 같다.

아니다. 독사가 옳을지도 모른다. 훈장어른 말대로 지금 독사가 나선다면 요빙도 구하지 못하고 개죽음만 당하겠지만 나타나지 않으면 뒷날을 위해서라도 요빙을 살려둘지 모른다.

그래도… 벙어리의 직감으로는 틀림없이 죽일 태세였는데.

벙어리가 입을 열었다.

"당문은 모두 혈족(血族)이야. 혈족 아닌 사람을 문도로 받은 선례가 없지. 현문으로 가."

"……."

벙어리는 독사의 눈빛에 드리워진 검은 그림자를 봤다.

말은 하지 않지만 독사의 마음도 괴로움에 짓눌려 있다.

'괜히 찾아왔어. 말해 봤자 마음만 아플 것을…….'

독사가 불곰처럼 멀리 도주했다면 찾아올 생각도 못했을 게다. 가까이에… 하루면 왔다 갔다 할 수 있는 거리이기에 찾아왔는데 찾아오지 않느니만 못하게 됐다.

"이제 쉴 만큼 쉬었으니 가봐야지. 내 말 명심해. 어느 문파를 찾아 가든, 사이비를 만나더라도 무공은 꼭 배워."

벙어리가 등을 돌려 계곡을 빠져나갔다.

휘적휘적 걷는 걸음이 허허로워 보인다.

그는 한 번도 뒤돌아보지 않았다.

3

정인(情人)으로서

영은촌에서 십 리 떨어진 곳에 넓이가 천여 평에 이르는 커다란 장
원이 있다.

인근 주민의 숨통을 한손에 틀어쥐고 있는 한가장(翰家莊)이다.

한가장을 중심으로 십여 리 안쪽에 있는 사람들은 감히 한가장을 무
시하지 못한다. 한가장에서 소작료를 조금만 올려도 당장 타격을 받는
사람들이니 한가장의 눈치를 살필 수밖에 없다.

그런 한가장의 장남이 죽었다.

무천문에 입문하여 무공까지 익혔다는 사람이 일개 파락호에 불과
한 독사에게 맞아 죽었다.

소문은 그렇게 나지 않았다.

한가장을 질시한 독사가 다루(茶樓)에서 차를 즐기고 있던 한림을
독살한 것으로 되어 있다.

독사는 잔인하게도 죽이는 것에 그치지 않았다.

시신을 부호들에게는 시궁창이나 다름없는 홍루로 끌고 가 온갖 욕을 보였다.

죽이는 것도 모자라서 시신까지 훼손한 것이다.

여파는 당장 영은촌에 미쳤다.

영은서원에 아이들을 보내지 않았다. 인근 십여 리 안쪽에서 글을 가르치는 곳은 오직 영은서원뿐인데도, 그리고 무지한 사람들에게는 자식들에게 글을 가르치는 게 염원이라고 할 수 있는데도 서원에 보내지 않았다.

영은서원뿐만이 아니다.

한가장은 영은촌 사람들에게서 논밭을 거둬갔다.

"소작을 계속하고 싶으면 영은촌을 떠나라. 영은촌에 머무는 한 한장주님의 논을 경작할 생각은 하지 마."

사람들은 너나 할 것 없이 보따리를 꾸렸다.

영은촌은 삽시간에 폐허로 변했다.

어제까지만 해도 굴뚝에서 연기가 솟았는데 이제는 찬바람만 휑뎅그렁하게 스쳐 간다.

한가장에서 독사 패거리에게 내건 현상금도 매혹적이다.

은화 오십 냥이면 대도읍에 나가서도 큰 집을 사서 하인을 부리고 살 수 있는 돈이다.

독사 패거리를 동정하는 사람은 단 한 명도 없었다.

"헉헉!"

"뭐야?"

"도, 독사가……."

"독사가 뭐?"

"독사가 나타났다구요, 독사가."

"뭐야! 독사가 나타나? 어디?"

"와마(臥馬) 고개에서 이 두 눈으로 똑똑히 봤다니까요."

"거짓말이면 다리몽둥이 부러질 줄 알아!"

"거짓말은 제가 왜 합니까! 어서 장주님께 알리라니까요. 전 노구촌(露勾村)의 이홍(李泓)입니다, 이홍. 똑똑히 말씀 전해주세요. 노구촌의 이홍이 말했다구요."

"저기 가서 앉아 있어."

한가장 문지기는 귀찮은 듯 이홍을 한쪽으로 밀쳐 버렸다.

현상금이 내걸린 다음부터 하루에도 서너 명씩은 독사가 나타났다면서 호들갑을 떨곤 했다. 그때마다 소리없이 무인들이 빠져나갔고 돌아올 적에는 독사눈으로 쏘아보곤 했다.

'이걸 말해야 돼, 말아야 돼?'

문지기는 잠시 갈등했다.

이홍이란 자의 표정으로 보면 진짜 본 것 같은데 지금까지 거짓 표정을 지은 자는 없었지 않은가?

'미치겠네. 이럴 때 문장(門長)이라도 있었으면……'

몇 번을 생각하다 결국 보고를 하는 게 좋겠다 싶어 안으로 들어서려고 할 때였다.

"헉헉! 여보쇼! 헉헉……!"

멀리서부터 부리나케 달려오는 촌로의 모습이 보였다.

그는 머리가 하얀 백발인데도 무엇이 그렇게 급한지 발이 엉켜가면서도 달려왔다. 고래고래 고함을 질러대면서.

'이건 또 뭐야?'

잠시 기다리자 백발노인이 문지기 앞에 와 고꾸라지듯 섰다.

"헉헉! 아이구, 죽겠다! 헉헉!"

"뭐요? 할 말 있으면 빨리 하고."

"아, 알았네. 도, 독사가……."

'또 독사야?'

이럴 줄 알았다. 은화 오십 냥이라면 제대로 걷지도 못하는 노인조차도 먼 거리를 달리게 할 수 있다.

"도, 독사가……."

"독사가 나타났단 말이오?"

"그, 그렇네."

"독사가 어디 나타났단 말이오?"

문지기는 한숨 돌렸다. 먼저 온 자와 나중에 온 백발노인은 모두 독사를 보았다. 지금까지 한가장에 와서 허튼소리를 했던 수많은 사람들처럼.

보고할 필요도 없게 생겼다.

"와, 와마…… 고개에. 와마고개에 독사가……."

문지기는 정신이 퍼뜩 났다.

이홍이란 자에 이어 백발노인까지!

'진짜야!'

지금까지 같은 장소가 같은 시기에 거론된 적은 한 번도 없었다.

"저기, 저기 안에 들어가 있어요. 사람들이 많이 북적거릴 테니까 오늘 저녁까지는 꼼짝 말고 안에 틀어박혀 있어요. 알았죠?"

"아, 알겠네. 난 중상촌(中翔村)에 사는……."

"이름은 나중에 말하고 빨리 들어가기나 해요!"

문지기는 노인이 방 안으로 사라지는 것을 확인한 후 한달음에 달려 가기 시작했다.

"그 말이 틀림없으렷다?"

"이 두 눈을 내놓겠습니다요. 소인 여편네가 확실히 봤습니다요. 그 여편네 헛소리할 인물은 아닙죠."

"알았다."

문지기는 알았다는 말을 듣고도 물러가지 않았다. 아무래도 장주를 만나지 못한 것이 아쉽다. 하기는 문지기 주제에 언감생심 어떻게 장 주를 만날 것인가.

총관(總管)에게 직접 이야기한 것만도 다행이다 싶기는 하지만… 그 래도 불안했다. 혹시 총관이 현상금을 가로채는 것은 아닌지.

＊　　　　　＊　　　　　＊

와마고개는 마치 말이 누워 있는 것처럼 고개 중간중간에 평평한 길 네 개가 가로로 펼쳐져 있다고 해서 붙여진 이름이다.

기실 와마고개는 고갯마루까지 두어 번은 쉬어가야 하는 험준한 고 개다. 길 옆은 금방이라도 짐승이 튀어나올 것같이 숲 지대다. 장정 몸 통만한 아름드리 나무들이 우거져 있어서 비라도 내리는 날이면 담 큰 사람도 혼자 오르기가 겁이 난다.

와마고개에 네 사람이 귀신처럼 소리없이 나타났다.

길을 택하지 않고 수림 사이로 치달려온 까닭에 갑자기 나타난 것처럼 보였다.

그들의 행동은 군더더기가 하나도 없어 절제된 목각 인형을 보는 듯했다.

"피 냄새가 맡아져."

한 명이 얼굴을 들어 바람 냄새를 맡으며 말했다.

"아래쪽이군?"

다른 한 명이 말을 받았다.

그는 연신 귀를 쫑긋거렸다.

귀는 불수의근(不隨意筋)이다. 인간의 의지로 움직일 수 없다. 하지만 그만은 의지로 움직일 수 있는지 한시도 가만두지 않았다.

"지나간 지 반 각도 되지 않았군. 잘하면 은화 백 냥을 챙길 수 있겠어."

또 다른 자가 눈을 빛내며 말했다. 그는 눈이 얇게 펼쳐진 길을 쳐다보고 있었다. 그곳에 찍혀 있는 희미한 발자국을.

"난 가고 싶지 않아."

다른 자가 말했다.

모두 말한 자를 쳐다보았다. 그가 다시 말했다.

"피 냄새가 맡아져. 불길해."

모두 침묵했다.

상대는 파락호 한 명이다. 놈이 아무리 날고 뛰어봤자 한주먹감도 되지 않는다. 그보다 더한 자들을 추적하고 격살했는데 겨우 무뢰배 한 명 가지고…….

하지만 다른 세 명은 불길하다고 말한 자의 말을 믿었다.

그의 예감은 한 번도 어긋난 적이 없다.

그가 다시 말했다.

"피 냄새가 진해. 놈을 죽일 수는 있지만 우리 중 한 명쯤은 크게 다칠 것 같아. 여기 있는 것도 불안해. 돌아가야겠어."

그의 말을 반증이라도 하듯 귀를 쫑긋거리던 자가 말했다.

"이리 오고 있군. 우리가 쫓을 필요도 없어. 빨리 결정해야겠는데? 칠 거야, 말 거야?"

"은화 백 냥이 큰돈이기는 하지만 몸을 다칠 수는 없지. 이 싸움은 다른 자에게 맡기자. 우리가 다친다니 그럴 순 없지. 놈을 다른 놈에게 맡기고 우린 그놈을 치는 거야. 은화 백 냥은 쉽게 쥐어볼 수 있는 돈이 아냐. 어때, 그건?"

"이놈보다는 다른 놈이 나을 것 같아."

파락호를 건드리지 말고 그를 죽이는 무인을 치잔다. 그것이 오히려 더 낫단다.

"그럼 망설일 것 없지. 돌아가자."

코를 씰룩거린 자가 최종적인 결정을 내렸다.

네 사내는 신속하게 행동했다. 표풍(漂風)처럼 표홀한 신법을 펼쳐 고개 옆 수림으로 파고들었다. 잠시 후 그들의 모습은 시야에서 완전히 사라져 버렸다.

'대… 단한 자들이다!'

독사는 소름이 쫙 돋았다.

벙어리는 끼어들지 말라고 했지만 그럴 수 없다.

비록 남들은 손가락질하는 여자지만 요빙은 그에게 정을 주었다. 자신도 처음으로 정을 준 여자다. 그런 여자가 죽임을 당할 처지에 놓여 있는데 무관심할 수는 없다.

훈장 선생이 관여하지 않았다는 것을 보여주면서 놈들 앞에 나서려면…….

독사는 오랜 생각 끝에 현상금을 떠올렸고 그의 생각대로 그를 본 사람들은 한달음에 한가장으로 달려갔다.

독사는 와마고개에 나타날 무인들을 기다렸다.

정면 승부는 자신없지만 기습으로 화살을 쏘아댄다면 충분히 승산 있다고 자신했다.

한가장에서 고용한 무인들을 죽여야 한다. 그런 다음 계획대로 일을 처리하고 몸을 빼면 된다. 한 장주는 절대 요빙을 죽이지 않을 것이다. 절대. 한가장에 쳐들어가 직접 구해주지는 못할망정 그렇게라도 해야 직성이 풀릴 것 같다.

그런데 손을 쓰기도 전에 순식간에 사라져 버렸다.

그것은 좋다. 그들이 말한 내용은 무엇인가? 자신의 위치를 뻔히 파악하고 있으면서 달려들지 않았다는 말이지 않은가?

왜 그랬을까? 자신 같으면 백 번이라도 달려들었을 텐데. 신법을 보니 그저 경탄밖에 나오지 않는데 왜 잡으러 달려들지 않았을까?

독사는 너무 성급하게 나섰다고 후회했다.

방금 전에 사라진 자들이 누구인지는 몰라도, 그들의 무공이 어느 정도인지는 짐작할 수 없어도 추적 부분에서는 탁월한 능력을 지닌 자들 같다.

사라진 네 명의 손아귀에서 벗어나려면 죽을힘을 다해야 할 것 같은 불길한 예감이 들었다.

그들은 특이한 능력을 구비한 것 같다. 무공을 익힌 무인인데다 일반적인 상식을 뛰어넘는 능력을 구비한 자들.

'닥치면 길이 나오는 법. 잊자. 다른 자에게 맡긴다고 했으니 조만간 다른 놈을 끌고 오겠군. 좀 더 확실한 기습이 필요한데……'

독사는 주위를 두리번거렸다.

사람들이 십여 명은 지나갔다. 마방(馬房)에서 운영하는 마차도 한 대 지나갔고 개인 소유의 화려한 마차도 한 대 지나갔다. 한참을 기다린 끝에 한 명이 지나가고 또 한참을 기다려서야 새로운 자가 지나갔다.

독사는 수림 속에 숨어서 진득하게 기다렸다.

이런 기다림은 익숙하지 않다. 오히려 이런 기다림을 깨는 게 더 익숙하다. 상대 패거리들은 항시 이런 식으로 기다렸고 그는 당당히 걸어가 나타나는 족족 다시 뉘어 버렸다.

영원히 그런 식으로 살 줄 알았는데 숨어서 암습이나 가하는 처지가 될 줄이야.

'저자……? 왔어!'

독사의 눈빛이 반짝였다.

독사의 눈은 새로 와마고개에 올라서는 자를 노려보았다. 그전에는 그의 등 뒤에 머무른 네 명의 사내를 봤다. 먼저 왔었던 그 네 명이다.

그들은 와마고개에 올라서지 않았다. 고개턱에서 손짓으로 이리저리 상황 설명만 해주고는 눌러앉았다.

'잘됐어, 저자들까지 합세했다면 힘들었을 텐데.'

이상한 능력을 지닌 자들, 그들이 가세하지 않았다는 것만으로도 큰 다행이었다.

독사는 더욱 숨을 죽였다.

기습은 해봤어도 암습이란 건 해본 적이 없지만 어떻게 해야 효과적인지는 너무나 잘 알고 있다.

그에게 속절없이 무너졌던 상대들은 제대로 숨어 있지 않았다. 자신들은 숨어 있다고 숨었지만 숨은 모습이 훤히 내다보였다. 그들도 옷깃을 부스럭거린다거나 모습이 비치는 따위의 어수룩한 행동은 하지 않았다. 꼭꼭 숨었다.

그래도 알 수 있었던 것은 그들이 내뿜는 숨결 때문이다.

숨결은 공기를 울리고 울린 공기는 맹렬한 기운이 되어 피부에 젖어들었다.

불곰은 '느낌이 뛰어나다'고 했다. 돌주먹은 '타고난 감각'이라고 했다. 쇠스랑은 '천생 싸움꾼'이라고 했다.

패거리들이 뭐라고 말했든 독사는 숨은 자들이 잘못했다고 생각한다. 그들이 제대로 숨기만 했어도, 숨결조차 숨겼다면 느끼지 못했을 것이다.

독사는 자신의 경험을 잊지 않았다.

숨결조차 참으며 무인이 지근 거리에 도달하기를 기다렸다.

무인은 차분했다. 결코 서둘지 않았다. 한 걸음 한 걸음마다 어느 방향에서 공격해 오든 대응할 준비가 갖춰져 있다.

한마디로 빈틈없는 무인이다. 일촉즉발(一觸卽發)이라고 하는데 무인이야말로 일촉즉발의 긴장을 유지하고 있는 무인이다. 그는 공격을 받으면 즉각 반응할 게다. 공격이 감지되는 순간 공격자보다 더욱 빠른 역공을 가해올 자다.

'정말 강하다. 이것이 무인……'

요락에서 죽인 무인들도 강했지만 지금 이 무인에 비하면 조족지혈(鳥足之血)처럼 여겨졌다. 걸음걸이 하나만으로도 무위(武威)를 짐작할 수 있을 것 같다.

'병기를 뽑으면 손쓸 틈도 없을 거야. 그전에 해치워야 돼.'

무인의 병기는 검이다. 자신이 보아온 무인들은 대부분 검을 허리에 찼는데 이 무인은 등 뒤에 메고 있다.

벙어리가 말한 잔심마도는 아닌 것 같다. 한 장주는 도대체 얼마나 많은 무인들을 사들였단 말인가? 또 돈에 팔려 무공을 파는 사람들은 뭐란 말인가?

무인이 가까이 다가왔다.

눈어림으로 판단해 보면 이십 보쯤 되는 것 같다.

'오 보는 너무 짧아. 일시(一矢)만 날리면 끝날 것 같아. 십 보, 십 보로 하자.'

그토록 연습했지만 다섯 보 거리로는 불안했다.

무인이 내뿜는 기도는 그만큼 강했다. 상대가 얼마나 강한지 한눈에 알아볼 수 있는 독사다. 그의 판단으로 무인은 주먹다짐으로는 도저히 상대할 수 없는 거목이다.

무공에 대한 호기심이 더욱 부쩍 생겼다.

도대체 무공이 무엇이기에 사람을 이렇게 강하게 만들 수 있단 말인가? 체격도 평범하고 뼈마디도 굵은 것 같지 않은데. 그렇다고 타고난 싸움꾼으로 보이지도 않고.

'조금만 더…… 조금만……'

무인이 십 보 거리에 들어섰지만 독사는 화살을 날리지 못했다. 십 보 거리에 들어서면 무조건 화살을 날리겠다는 생각이었지만 자신이 없었다.

무인이 한 걸음 두 걸음… 계속 다가왔다. 반대로 독사 입장에서는 화살을 날릴 수 있는 거리가 더욱 짧아졌다. 그것은 날릴 수 있는 화살의 개수가 그만큼 줄어든다는 것을 의미했다.

결국 무인은 오 보 거리에 들어섰다.

'더 이상은 안 돼!'

생각이 일자 몸도 따라 일었다. 싸우기 전부터 주눅이 든 것은 처음이지만 망설인다고 해결될 문제가 아니다. 아니, 자신이 있는 곳을 어느 정도 눈치 챈 듯하니 시간을 허비하다가는 여지없이 개죽음을 당한다.

파앗! 쉭쉭쉭……!

구음곡에서 부단히 수련했던 화살이 쉿소리를 내며 튀어 나갔다.

독사는 화살을 날림과 동시에 옆으로 이 보 이동했다. 그리고 다시 화살 다섯 개를 연사했다.

처음 쏜 화살은 무인을 맞추지 못했다. 무인은 단지 허리를 비틀고 술 취한 사람처럼 비틀거리는 간단한 동작만으로 번개보다 빠르게 날아간 화살을 피해냈다.

무인이 숨소리도 느껴질 만큼 가까운 거리에 들어섰다. 파락호끼리의 싸움이라면 신형을 날려 권각으로 치받았을 거다.

두 번째 화살 다섯 개도 무인을 맞추지 못했다.

무인은 첫 번째와 마찬가지로 보법(步法)과 신법(身法)만으로 코앞에서 날린 화살을 피해냈다.

'너무 강해!'

한순간 머리 속을 휘젓고 지나간 느낌이다.

독사는 느낌에 젖어 있지 않았다. 어느새 그의 신형은 뒤로 일 보 물러섰다. 기이한 소궁에서는 참나무를 깎아 만든 화살 다섯 개가 다시 날았다.

아니다. 다섯 개를 모두 날릴 수 없었다. 그가 일 보 물러설 때 무인은 이 보 다가왔고 이제는 권각을 뻗어 공격할 수 있는 거리가 되고 말았다.

쒜에엑……!

무인의 손이 등 뒤로 뻗치는 것을 느꼈는데, 그것뿐인데 검광(劍光)이 출렁거렸다. 독사가 화살 두 개를 날리고 세 번째 화살을 재었을 때였다.

"헛!"

독사는 다급히 헛바람을 내지르며 풀숲으로 몸을 날렸다.

그는 무인들이 공격을 피하기 위해 땅을 구르는 수법은 살려달라고 애원하는 것이나 마찬가지로 취급한다는 것을 몰랐다.

그렇다. 그는 무뢰배다. 설혹 알았다 하더라도 검광을 피할 수 있는 길이 그것뿐이라면 다시 같은 상황이 반복되더라도 똑같은 행동을 취할 게다.

무인의 눈에 경멸이 스쳐 갔다.

독사는 보지 못했다. 몸을 추스르기에도 부족한 시간이었다. 무인의 안색을 살필 겨를이 없었다.

휘익! 탁!

독사는 구르는 반탄력을 이용해 몸을 튕겨 일어섰다. 이어질 공격을 대비해 옆으로 한 걸음 움직이는 것도 잊지 않았다.

무인은 공격해 오지 않았다. 무심한 표정으로 쳐다볼 뿐이다.

독사의 눈은 무인의 검에 고정되었다. 검끝이 자신을 향해 있지 않다. 그저 땅을 향해 축 늘어져 있다.

화살을 날릴 엄두가 나지 않았다. 이삼 보 거리에서 날린 화살도 피해냈는데 그보다 먼 거리에서 화살을 날리는 것처럼 미련스러운 행동은 없을 것이다.

'저 검이 다시 올라서면 기회는 없어.'

마음은 조급한데 방법이 없었다.

그때 무인이 입을 열었다.

"너 같은 놈을 죽여야 할지 의문이다."

"……?"

"무천문이 연무(緣武)를 양성한다는 말은 들었지만 너 같은 놈에게 당할 만큼 형편없는 놈들을 끼고 있을 줄은……. 무천문주가 큰 착오를 하고 있군. 무천문은 언젠가는 그놈의 연무 때문에 큰 고역을 치를 거야."

'연……무?'

독사는 무인이 하는 말을 알아듣지 못했다. 그가 말한 '연무'라는 것이 무엇인지. 하지만 한림을 비롯하여 요락에서 죽은 무인들이 연무하는 것과 관계있다는 말뜻은 알아들었다.

그보다… 신경 쓸 것은 따로 있다. 무인이 입을 열었다. 독사에게 싸울 방법을 생각할 시간적 여유를 준 셈이다.

'화살은 안 되고 화살보다 빠른 게…….'

무인의 입가에 잔인한 미소가 걸렸다.

"미련한 놈…… 창기 같은 것은 내버렸어야지. 계집이 죽는다고 덜

컥 나타난 꼴 하고는. 파락호치고는 정이 있어서 보기 좋군. 덕분에 나
도 떼돈을 벌 수 있어서 좋고. 비록 연무지만 그래도 무천 무인 여섯이
죽었다기에 조금은 긴장했는데…… 후후후! 지금 네 꼬라지를 보면 귀
주사괴(貴州四怪)가 통곡을 하겠구만. 이해할 수 없단 말야. 네놈 흔적
을 발견하고도 내게 양보한 게."

그들…… 이상한 능력을 지닌 네 사내의 별호가 귀주사괴인가?

'기회는 단 한 번. 검이 무척 빠르던데 받아낼 수 있을지. 받아내면
이기고 그렇지 않으면……. 좋은 경험이야. 앞으로는 절대 상대를 모
르는 한 나서지 말아야 해.'

생각은 그렇지만 영원히 지키지 못할 약속이다.

독사는 누구보다도 자신을 알고 있다. 자신의 성격상 상대를 전혀
모른다고 해도 또 나설 것이다, 오늘 같은 일이 벌어진다면.

독사가 무인을 향해 걸었다.

"……?'

무인이 눈에 이채를 띠었다.

죽으려고 작정했단 말인가 도망가도 시원치 않을 판에?

죽으려는 놈은 아닌 것 같다. 두 눈에서 뿜어져 나오는 눈빛이 섬뜩
하다. 살인자의 눈빛처럼 광기(狂氣)로 번들거린다.

"하하! 이판사판이라 이건가? 좋지 않은 습관이야."

'알아, 나도.'

몇 걸음 걷지 않아서 독사와 무인의 거리는 지척으로 가까워졌다.

쉬익!

검이 날았다. 무인도 이번에는 망설임없이 목을 쳐왔다. 빠른 공격
에는 일가견이 있고 상대가 강해 보이면 기습으로 선공을 가해온 독사

지만 이번에는 완전히 역으로 당했다.

무인은 빠름만도 놀라운데 선공까지 취했다.

타악!

경쾌한 소리가 울렸다. 아무리 생각해도 검이 목을 파고드는 소리는 아니었다.

무엇인가 잘못되었다고 느낀 순간 검이 돌변했다. 다시 허공으로 솟구친 검이 더욱 강한 힘으로 내려쳐졌다. 그 순간,

쉬익!

독사의 신형이 더욱 가까이 다가섰다.

검의 거리를 빼앗으려고 했는데 일단은 성공했다. 독사와 무인 간의 거리는 얼굴이 맞닿을 정도로 가까워 검을 내려치기에는 무리다. 그렇다고 방심해서는 안 된다. 검을 사용하는 자라면 권각술(拳脚術)도 놀라울 만큼 능할 것이다.

독사의 손이 무인의 옷깃을 잡아챘다.

무인은 검이 거리를 잃은 순간 팔굽으로 얼굴을 쳐왔다.

따악!

이번에도 기이한 울림이 터졌다. 얼굴을 가격하는 소리는 절대 아니었다.

"엇!"

무인의 입에서도 놀란 외침이 새어 나왔다. 그렇구나. 무인도 놀랄 때가 있구나.

왼팔을 들어 올려 왼팔 상완을 완벽히 보호하는 소궁으로 검을 막아 검의 거리를 죽였다. 무인의 옷깃을 잡아채 신법의 자유도 빼앗았다. 반격도 짐작했다. 몸이 밀착될 만큼 가까운 거리에서 공격하는 방법은

두 가지, 무릎과 팔꿈이다. 무릎으로 하복부를 쳐오면 당한다. 그쪽은 도저히 방비할 것이 없다. 하지만 팔꿈치로 안면을 가격해 온다면 방법이 있다. 돌처럼 단단한 머리. 어렸을 적 한림에게 얻어맞은 것이 분해서 머리가 깨어지도록 들이받아 무쇠처럼 단련시켜 놓은 머리.

쒜엑! 빠악!

둔탁한 소리와 함께 무인의 머리가 뒤로 제쳐졌다.

쒜에엑! 빠악!

독사는 다시 한 번 더 들이받았다.

피가 솟구쳤다. 무인은 한림처럼 코가 깨졌고 깨진 코는 얼굴 깊숙이 함몰되었다. 이빨도 산산조각나 허공으로 튀었다. 코와 입에서 쏟아진 피가 허공으로 흩어졌다.

독사는 무인의 손에서 검을 빼앗아 심장 깊숙이 찔러 넣었다.

"끄으윽……! 케케……!"

무인은 알아듣지 못할 소리를 중얼거렸다. 자신의 심장을 내려다보는 듯 고개를 밑으로 떨궜다.

"실수였어. 치명적인 실수. 넌 무조건 검으로 베었어야 했어. 한낱 파락호라고 방심한 것이 큰 실수야."

무인은 방심했다. 독사를 얕본 방심이 아니라 그가 소궁을 사용한다는 사실을 잠시나마 잊어버렸다. 그것이 그를 죽음으로 몰아넣었다. 독사의 손에 소궁이 들려 있지 않은 것을 보고 버렸다고 생각했는지도 모른다. 무인의 예리한 눈썰미로도 완갑에 소궁이 붙어 있는 것은 보지 못한 듯하다.

독사는 미리 준비해 온 서신을 무인 곁에 떨궜다.

'시간이 없어!'

독사의 눈에 치달려오는 귀주사괴의 모습이 보였다. 귀에는 환청처럼 귀주사괴 중 일 괴의 음성이 잔잔하게 울려왔다.

"지금이야! 불안한 기운이 가셨어! 빨리빨리! 지금이 죽일 수 있는 절호의 기회야!"

第五章

사랑해

1

    귀주사괴가 바람처럼 날아들었다. 그들이 싸움 현장에 도착하기까지는 그리 많은 시간이 소요치 않았다. 무인이 쓰러진 것과 거의 동시에 당도했다고 해도 과언이 아니다.

    "죽었군. 숨이 완전히 끊어졌어. 내가 꿈을 꾸고 있는 것 아냐? 어떻게 형살검(刑殺劍)이 파락호에게 당할 수 있지?"

    습관인지 연신 눈을 깜빡이는 자가 말했다.

    죽은 무인은 안면이 알아볼 수 없을 만큼 망가졌다. 무인이 파락호에게, 그것도 이토록 처참하게 맞아 죽을 수 있다는 사실이 믿기지 않는 듯했다.

    "음… 신령(神靈) 네 말을 듣고도 긴가민가했는데 과연 신령이야. 파락호 한 놈 가지고 무슨 불길한 예감인가 싶었지. 형살검 꼴을 보니 우리가 부딪쳤다면 크게 다치는 정도가 아니라 한 명쯤은 죽었겠군."

코를 실룩거리는 자가 말했다.

귀를 제멋대로 움직이는 자가 반쯤 넋이 나간 듯한 신령이라고 불린 자에게 물었다.

"신령, 어때? 아직도 느낌이 좋아?"

"좋아, 아주 좋아. 액겁이 지나갔어. 놈의 기(氣)는 최악이고. 지금 치면 새끼손가락으로도 잡을 수 있어."

신령의 말은 도무지 믿기 어려웠다.

형살검을 죽인 자인데, 몇 시진 전만 해도 공격하면 네 명 중 한 명은 크게 다칠 거라고 했으면서 이제는……

그래도 다른 자들은 별다른 이의를 달지 않았다. 그들은 철저히 믿었다, 신령의 예감을.

코를 실룩거리는 자가 말했다.

"그럼 추적해야지. 놈은 멀리 가지 못했어. 놈의 냄새가 아주 진하게 진동해. 크크크! 놈은 독 안에 든 쥐야. 광안(光眼), 네가 할래? 귀찮으면 통음(通音)에게 맡기고."

"크크크! 배부른 소릴 하는군. 은화 백 냥짜리가 귀찮다니. 내가 맡지."

광안이 눈을 부라리며 말했다.

광안이라고는 하지만 실제 그의 눈은 새우눈이다. 가늘고 좁아서 웃을 때는 눈이 보이지도 않는다. 그런 눈을 연신 깜빡거린다. 눈동자도 가만있지 못하고 좌우로 계속 뒤룩거린다.

그의 눈을 보고 있자면 정신까지 사나워진다.

광안이 주위를 둘러보다 콧살을 꿈틀거리는 자에게 말했다.

"진취(珍臭), 쫓는 것은 쫓는 것이고 우선 저것부터 봐야 하는 것 아냐?"

광안이 풀숲 한구석에 떨어져 있는 종잇조각을 가리켰다.

진취가 가서 종이를 주웠다.

"뭐야?"

"서신(書信) 같은데?"

진취는 서신을 들어 코에 댔다.

"맞아. 놈이 흘린 거군. 놈의 냄새가 진하게 배어 있어."

그때 신령이 말했다.

"멀어져… 멀어져……. 방금까지도 손에 잡힐 듯이 가까웠는데 진취 네가 그 서신을 드는 순간 멀어졌어. 희미해."

"뭐가?"

"그놈 말야, 독사. 독사의 영상이 희미해졌어. 아무래도 그 서신…… 좋지 않은 것 같아."

진취는 서신을 펼쳐 보지도 않고 내던졌다.

"지금은?"

"조금 뚜렷해졌군."

"좋아. 그럼 추살한다. 광안이 앞장서."

광안은 새우눈을 데룩데룩 굴리며 주위를 훑어보았다. 그리고 곧 신형을 날렸다. 조심스럽게 주위를 살피며 나아가는 것이 아니라 먼 거리를 달려가듯 쏜살같이 신형을 쏘아냈다.

귀주사괴가 사라지고 일 다경(一茶頃)쯤 지날 무렵 형살검의 시신 앞에 무인 한 명이 내려섰다.

그는 형살검의 시신부터 뒤적거렸다.

"대단하군. 권(拳)은 아니고 각(脚)도 아니고…… 머리군. 머리로 박았어. 형살검이 파락호에게 죽다니."

그도 귀주사괴가 한 말과 같은 말을 중얼거렸다.

그는 귀주사괴가 버린 서신을 주워 들었다. 그리고 펼쳐 내용을 읽었다.

"후후후! 좋은 생각이야. 길안(吉安)이라…… 귀주사괴가 이 사실을 알면 까무러치겠군. 후후! 덕분에 이게 얼마냐? 은화 칠백 냥이군, 칠백 냥."

한 장주는 그에게 특별한 제안을 했다.

현상금은 한 사람당 은화 오십 냥이지만 그가 잡을 때는 배로 셈해서 백 냥씩 주겠노라고.

무인은 마냥 좋은지 서신을 곱게 접어 품 안에 찔러 넣었다. 그리고 귀주사괴가 사라진 방향으로 신형을 날렸다.

무인이 사라진 직후 형살검의 시신 앞에 또 다른 무인들이 나타났다.

무인 중 한 명이 중얼거렸다.

"잔심마도를 고용했다더니 정말이군."

다른 자가 멀어져 가는 잔심마도를 보며 말했다.

"약삭 빠른 귀주사괴에 잔인한 잔심마도라… 한 장주가 골고루도 고용했군. 저 정도면 오늘 안으로 끝나겠는데?"

"하하! 겨우 잔심마도 따위를 경계하는 건가?"

"말이 그렇다는 것이지."

무인들은 귀주사괴나 잔심마도는 안중에도 두지 않았다.

그들은 백의를 입었다. 허리에 검도 찼다. 외팔이무인과 함께 요락에 나타났던 무인 네 명이다.

그들 중 비쩍 마른 자가 형살검의 시신을 발로 뒤척이며 말했다.

"또 그놈의 머리군. 정말 돌머리인가? 어떻게 당하는 놈마다 얼굴이 묵사발이 되나? 이런 말 하기는 뭣하지만 정말 대단한 놈이야. 무공도 익히지 않은 놈이 형살검까지 죽였으니."

"조금 있다 말야, 얼마나 단단한지 시험해 봐야겠어. 검으로 쳐도 안 잘라지는지."

"잘라질까?"

"잘라지는 데 은화 백만 냥 걸지."

"혼자 해."

"하하하!"

다른 자가 투덜거렸다.

"구음골에나 처박혀 있지 뭐 하러 나타나서는……. 덕분에 한동안 바쁘게 생겼네. 용호사에다 청성산에다. 좌우지간 의리는 있는 놈이니 죽이더라도 고통없이 죽이자고."

"의리? 의리라… 파락호의 의리. 하하하! 맞아, 의리지. 싸구려 계집이기는 하지만 정을 붙였으니 죽는 꼴은 보지 못하겠지. 파락호와 창기, 생각해 보니 썩 잘 어울리는 말이네. 하하하!"

비쩍 마른 무인이 못마땅한 눈으로 다른 무인들을 쏘아봤다.

무인 세 명은 입을 다물었다.

"농담들은 그만 해. 가자. 아무래도 오늘이 독사 제삿날 같은데 자칫하면 우리 손으로 마무리를 못할 수도 있어."

그는 말을 마치자마자 신형을 띄웠다.

다른 자들도 곧 뒤를 쫓았다. 그의 말대로 싸움이 시작되는 순간이 끝나는 순간이다. 독사가 귀주사괴에 이어 잔심마도까지 상대해서 이

길 수는 없다. 몸을 빼내 도주하는 것도 생각할 수 없다. 귀주사괴가 무공은 변변치 못해도 추적 하나만큼은 타의 추종을 불허하니까.

구음골에서 죽어라고 보사 연습을 한 탓에 자신감이 상당히 붙었지만 아직도 무인들을 상대로 싸운다는 점에서는 회의적이었다.

'한 명이면 어떻게든 해볼 수가 있다. 두 명이면 두어 수 정도까지는 버틸 수 있고 세 명 이상이면 틀림없이 죽는다.'

독사는 자신의 능력을 정확히 파악했다. 점수를 깎지도 않았지만 후하게 매기지도 않았다.

그와 겨룬 무인은 구음골에서 이 악물고 연습한 보사를 무용지물로 만들었다. 어느 정도는 통용될 것이라고 생각했는데 터무니없을 만큼 간단히 파훼되었다. 그것만 믿고 달려들었으면 여지없이 목숨을 잃었을 게다.

독사는 뛰고 또 뛰었다.

다행이라면 추적하는 자가 누구라는 것을 알고 있다는 점이다.

귀주사괴.

독사는 그들의 능력을 짐작했다. 신법을 보고 무공의 정도도 어느 정도는 예측했다.

싸우면 죽는다. 무조건 피해야 산다.

와마고개에 모습을 드러낼 때에는 이런 경우도 예측했다. 예측했으니 대비책이 없을 수 없다.

하루에 한 번씩 가파른 능선을 뛰다시피 올라갔다 내려온 건각(健脚)이 상당한 도움을 주었다. 무인들이 사용하는 신법이란 것은 모르지만 군건한 두 다리 힘만으로 치달려도 그는 상당히 빨랐다.

'조금만 더… 조금만 더…….'

갑자기 등골이 오싹했다.

캄캄한 밤에 공동묘지를 가면 귀신이 뒷덜미를 낚아채는 기분이 드는데 지금이 꼭 그런 기분이었다.

'바로 뒤까지 쫓아왔어!'

독사는 뒤돌아보지도 않았다. 앞만 보고 질주했다. 상대가 귀주사괴인지 확인해 보고 싶었지만 그런 궁금증까지 참았다. 고개를 돌릴 힘이 있으면 반 보라도 더 뛰어야 한다.

쉬익! 쉬이익……!

등 뒤에서 경풍이 일었다.

그가 아무리 빠르다고 해도 무인들이 펼치는 신법을 능가할 수는 없었다.

'지금!'

독사는 반사적으로 몸을 돌리며 화살을 쏘아냈다.

투박한 참나무 화살이지만 가늘기가 연 살처럼 가늘고 빠르기도 섬광 같아서 손으로 잡을 수는 없다. 결국 무인들은 그가 겨눴던 무인처럼 몸을 피해야 한다.

화살을 날리며 언뜻 본 사람은 네 명이다. 전부 오십을 넘긴 것 같은 중년인들이다. 생김생김이 하나같이 기괴해 한 번 보면 영원히 잊어버릴 것 같지 않은 얼굴들이다. 역시 고개에서 본 바로 그들이다.

귀주사괴는 독사의 예측처럼 몸을 돌려 피해냈다.

그 순간 독사는 다시 앞으로 치달렸다.

화살을 날려서 제지할 수 있는 발걸음은 단지 두어 걸음뿐이다. 잡히느냐 잡히지 않느냐 하는 문제와는 크게 상관없다. 그렇기 때문일까? 귀주사괴도 무리하지 않았다.

쉬익!

등 뒤에서 다시 경풍이 일었다. 옷깃을 낚아챌 듯 아주 가까운 거리에서.

이번에는 화살도 쏘지 않고 앞으로만 치달렸다.

이렇게 가까운 거리에서는 몸을 돌리는 순간 타격당하기 십상이다. 기왕 당할 바에는 앞쪽보다는 등이 낫다.

쒜에엑! 퍼억!

독사의 생각대로 일격이 가해졌다.

독사는 등뼈가 빠개지는 듯한 통증을 느끼며 앞으로 나뒹굴었다.

"이제 그만 바둥거려. 그런다고 달라질 게 없다는 건 네놈이 더 잘 알잖아?"

광안이 측은한 표정을 지으며 다가왔다.

독사는 이를 악물고 일어섰다.

몸을 움직일 때마다 등뼈가 욱신거렸지만 토굴에서 지낼 때보다는 한결 가벼운 상태다.

소궁을 들고 화살을 재웠다.

광안은 피식 웃었다.

형살검처럼 귀주사괴에게도 독사의 화살은 아무런 위협이 되지 못했다.

독사는 화살을 겨눈 채 슬금슬금 뒤로 물러섰다.

'쫓아오지 않을 거야.'

이번에도 생각이 맞아떨어졌다.

귀주사괴는 아예 뒷짐을 지기도 하고 팔짱을 끼기도 했다. 그들은

이제 독사는 나타나지 않는다. 형살검을 죽인 것까지는 좋았지만 단단히 혼쭐이 났으니 계집이고 뭐고 다 팽개치고 도망갔을 것이다.

"여우 같은 놈, 끈질기게도 명줄은 기네."

잔심마도는 칡넝쿨을 확 끌어당겨 끊어버렸다.

약간 허전하기는 했지만 억울할 정도는 아니었다. 그의 품속에는 독사가 떨어뜨린 서신이 있기에.

"정말 기가 막힌 놈이군."

"이거 재평가해야 되는 것 아냐? 단순한 파락호로 보기에는 너무 얄미운데."

무천 무인들은 잔심마도가 끊어놓은 칡넝쿨을 집어 들고 헛바람을 내쉬었다.

"독사…… 어쩌면 잘못 봤는지도 모르지."

비쩍 마른 무인이 말했다.

절벽에서 뛰어내린 행동은 몇 가지가 병행되어야 한다.

첫째는 담력이다. 삼십 장 높이면 밑이 까마득하게 보인다. 담이 약한 사람이라면 절벽가에 서 있지도 못한다.

둘째는 중간 부분에 박아놓은 정(釘)을 향해 정확히 몸을 날릴 수 있는 신법이다. 무인이라면 가능하다. 하지만 범인은 무척 힘든 행동이다. 힘들다 못해 불가능하다고 봐도 된다.

셋째는 절벽에 붙어 있다시피 늘어져 있는 칡넝쿨을 잡아채는 민첩성이다. 칡넝쿨은 손가락 굵기에 지나지 않는다. 자칫하면 떨어지는 힘에 끊겨 버릴 수도 있다. 칡넝쿨을 잡아채고 넝쿨에 가해지는 힘을 분산하기 위해 얼마간은 주르륵 미끄러져 내려와야 한다.

독사는 무인과 다름없다.

영리하고 과감하며 뛰어난 실력을 갖췄다.

"오늘 일은 보고해야겠어. 담이 큰 놈인 줄은 알았지만 여길 뛰어내리다니. 어쩌면 우린 고행길에 들어섰는지도 모르겠군. 다른 놈들도 방치만 해서는 안 될 것 같아. 빨리 끝내는 것이 좋겠어."

"……."

다른 무인들은 입을 열지 않았다. 그들도 같은 생각이었다. 비쩍 마른 자가 말을 이었다.

"하련열(夏連悅), 넌 가장 빠른 방법으로 무천에 다녀와. 오늘 일을 그대로 정주(正主)님께 보고하고 다른 자들을 빨리 처리하는 것이 좋겠다는 의견을 개진해."

"알았어."

하련열이 대답했다.

다른 때 같으면 전서구(傳書鳩)를 날려도 충분했지만 독사의 행동을 보고 나니 생각을 달리해야 할 것 같았다. 글로 전하는 것과 직접 목도한 사람이 말로 하는 것과는 느낌부터가 다르다.

정확히 보고할 필요가 있다.

"범산(範山)은 한가장으로 잠입해서 곳간을 감시해."

"무인이 지키고 있다는 걸 아는데 다시 올까?"

"올 거야, 놈의 목적은 계집이니까."

"알았어."

"류취평(劉翠萍)은 와마고개에 가 있어."

"음… 한 번 보였으니 다시 뒤지지 않을 거라 이거지. 놈 같으면 충분히 그럴 수 있지. 알았어. 바로 와마고개로 올라가지."

"난 영은촌으로 가 있을 테니까 날이 밝도록 아무 징조가 보이지 않으면 그리로 와."

"영은서원?"

"아니, 요빙의 집."

"놈을 너무 크게 생각하는 것 아냐? 아무리 배포가 큰 놈이라고 해도 설마……."

"옛말에 설마가 사람 잡는다고 했어. 놈 같으면 충분히 그러고도 남아. 놈이 한 장주를 어떤 식으로 파악하고 있냐에 따라서 상대가 달라지겠군. 범산에 이어 류취평과 손속을 맞대느냐, 아니면 나 시함온(施涵蘊)과 부딪치느냐. 모두들 독사를 만나면 전력을 다해. 조금도 방심하지 말고. 이제 깨진 얼굴 보는 건 지겹다."

"하하하!"

무천 무인들은 염려하지 않았다.

염려할 것이 있다면 적을 경시하는 마음뿐이다. 또 하나 들어보라면 독사를 만나지 못하는 것이다. 지금까지는 독사를 비롯해 독사 패거리의 일거수일투족을 낱낱이 파악했지만 이제 독사를 놓칠 경우에는 정말 오리무중(五里霧中)이 되고 만다.

자신들의 능력으로는 찾을 수 없게 된다. 독사 패거리들이 탈출을 시도했던 그때처럼 녹서(綠書)를 날려야 한다.

정수(正手)의 체면이 땅에 떨어지는 것이다.

'오늘 밤… 독사 넌 무천 무인들을 다시 만나게 될 거야. 무공 흉내만 내는 작자들이 아니라 진정한 무인을.'

시함온이 중얼거렸다.

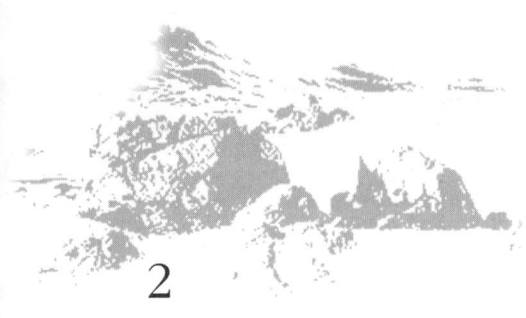

2

사랑해

시함온의 생각대로 독사는 요빙의 집 안에 들어와 있었다.

칡넝쿨에 마찰된 손바닥이 불이라도 난 듯 화끈거렸다. 껍질이 온통 까져 버렸으니 따가울 수밖에 없다.

독사는 황토를 찾아 그중에서도 심을 파냈다.

심은 흙이지만 인간이 먹을 수 있다. 맛도 달짝지근해서 어렸을 적에는 심을 찾아다닌 적도 있다.

심을 물에 풀자 황톳물이 되었다.

손을 담갔다.

짜르르 전율이 인다. 따끔거리기도 하고 화끈하기도 하다.

"으음……!"

신음이 절로 새어 나왔다.

껍질이 온통 까져 발갛게 부어버린 손바닥은 그래도 나은 편이다.

등에 받은 일격은 몸을 움직일 때마다 뼛골을 저려 울린다. 마치 불곰에게 등짝을 내주고 힘껏 쳐보라고 한 것이나 다름없는 충격이다.

'무공을 배워야 해.'

염원이 더욱 절실해졌다.

무엇인가 갈 길이 뚜렷하게 잡힌 것 같았다.

그는 도저히 이해할 수 없었다. 그 무인이 어떻게 그토록 가볍게 화살을 피해낼 수 있었는지. 자신 같으면 고슴도치가 되어 나뒹굴었을 텐데.

'뭔가 문제가 있어. 내 화살은 빨랐어. 거리도 가까웠고. 도저히 피할 수 없었는데…….'

그건 자신 기준으로 볼 때 그렇다. 무인의 기준으로 보았을 때는 분명히 피할 수 있었으니 피했다. 화살을 피할 수 있다는 것이 무엇인가? 직감이든 육안이든 화살을 볼 수 있었다는 이야기지 않은가?

'화살을 보았어. 어떻게……? 그 무인뿐만이 아니야. 나중에 쫓아온 귀주사괴도 가볍게 피했어. 어떻게 그럴 수 있지? 구음곡에서 그토록 연습했건만.'

하늘을 나는 꿩도 가볍게 떨어뜨렸다. 종알종알 지저귀며 날아가던 참새도 날개를 떨궜다. 연 살처럼 가는 화살이지만 파괴력은 커서 사슴 같은 놈들도 단번에 고꾸라졌다.

어떻게 그런 화살을 볼 수 있었을까?

자신의 기준으로 판단하면 영원히 풀리지 않는다. 무인의 기준으로 보아야 한다. 하지만 무공의 세계를 모르는데 어떻게 무인의 기준을 짐작할 수 있을까.

산을 본 사람은 산을 이야기할 수 있다. 바다를 본 사람은 바다를 이야기할 수 있다. 두 사람 이야기가 모두 옳다. 하지만 산만 본 사람과 바다만 본 사람이 만나서 자신이 본 것을 이야기하면 끝없는 논쟁만 일어난다.

'보았기에 피했겠지. 보았다. 보았다……'

싸우던 광경이 생생하게 떠올랐다.

무인을 기억할 수는 없다. 무인의 몸동작이며 기운이며 검을 전개하는 동작 같은 것은 하나도 기억나지 않는다. 단지 사납게 덮쳐 드는 기억만 있다.

'망설임없이 다가왔어. 내 화살을 보았기에 가능한 거지.'

그렇다면 해답은 자신에게서 찾아야 한다.

자신의 움직임을 따라가 봤다. 숨어 있는 자세에서 화살을 쏘고 옆으로 물러서며 화살을 쏘고 또 쏘고.

"팔!"

독사는 자신도 놀랄 만큼 큰 소리로 외쳤다.

작은 집 안이 들썩 하는 것 같았다.

해답은 너무 간단했다. 무공의 세계를 알게 되면 다른 해답이 나올 수 있을지 모르지만 지금 기준으로도 간단히 당할 수밖에 없는 행동이 있었다.

팔을 내밀었다.

소궁이 하완에 붙어 있으니 팔을 뻗으면 그곳이 곧 화살이 날아가는 방향이다.

열 대를 쏘든 스무 대를 쏘든 얼마든지 피할 수 있다. 방향을 아는데 피하지 못할 까닭이 없다. 상대는 화살을 볼 필요가 없다. 팔의 움직임만 보면 된다. 화살은 팔이 움직인 다음에나 날아가니까.

연사를 충분히 연습했다지만 팔이 먼저 움직이고 화살이 날아가서는 안 된다. 움직임을 읽히고 만다.

'팔이라⋯⋯.'

독사는 소궁을 끄집어냈다.

이리저리 움직여 봤다.

팔을 움직이지 않고 화살을 다른 방향으로 날릴 방법이 필요했다.

'쉬운 일이 아냐. 그러자면 소궁을 받치는 걸쇠를 풀어야 하는데⋯⋯. 천천히 생각하자.'

요빙의 집을 둘러보았다. 한심하기 짝이 없다.

집 안에 가득한 냉기는 둘째 치고, 사람이 살지 않는 집은 어떻게 그리 티가 잘 나는지 숨길 수도 없다. 퀴퀴한 곰팡이 냄새 하며 천장 가득히 펼쳐진 거미줄들 하며 집 안 곳곳에서 펄썩거리는 먼지 하며⋯⋯.

황톳물에서 손을 빼낸 독사는 침상으로 가 이불을 찢어 손에 둘둘 감았다. 그리고 침상에 드러누워 잠을 청했다.

*　　　　*　　　　*

"그걸 말이라고 하는가?"

넓은 대청이 쩌렁 울렸다.

화려함이 극치를 이룬 대청이다. 백여 명은 족히 들어설 수 있는 넓은 대청이다.

대청 한가운데는 서른 명쯤 앉을 수 있는 넓은 탁자가 놓여 있었다. 그러나 탁자에 앉아 있는 사람은 여덟 명에 불과했다. 그리고 한 명이 더 있지만 앉아 있지는 않았다.

상좌(上座)에 앉은 사람은 청수한 중년인이다.

얼굴에는 윤기가 흐르고 이목구비는 뚜렷하다.

인근 십여 리 주민들의 생계를 한 손에 틀어쥐고 있는 한가장주 한보숭(翰寶崇)이 바로 그다.

한보숭이 다시 호통을 내질렀다.

"도대체 무인들이란 사람들이 그까짓 파락호 하나 잡지 못하고 무슨 소리를 늘어놓고 있는 겐가? 형살검이 죽었다고? 이름깨나 날렸다는 무인이 파락호에게 죽었다고? 어디 입이 있으니 말들을 해보게!"

한보숭을 중심으로 좌측 제일석(第一席)에는 영준한 젊은 청년이, 우측 제일석에는 빼어난 미녀가 앉아 있다. 사내와 여자라 성(性)은 다르지만 한보숭을 쏙 빼닮았다는 공통점이 있다. 바로 한보숭의 둘째 아들 한환(翰晥)과 셋째딸 한청(翰淸) 남매다.

한환은 무서운 눈길로 아래 좌석에 앉아 있는 무인들을 노려보았다. 그러나 한청은 크고 맑은 눈을 허공에 두었다. 무엇인가 깊이 생각하는 표정이었다.

귀주사괴와 잔심마도는 울화가 치밀었지만 한 장주 뒤에 떡하니 버티고 있는 무인을 무시할 수 없어 꾹 눌러 참았다.

무천문은 사천성의 오주 중 일 주다.

중원무림에는 청성파와 아미파가 크게 알려졌지만 사천성에서는 당문이나 무천문, 북쪽으로 동천주(潼川州)에 있는 중강(中江) 도림(刀林)을 같은 수준으로 생각한다.

어느 문파든 다른 어느 한 문파와 생사 결전을 벌인다면 재기가 불가할 정도로 양패구상(兩敗俱傷)한다. 다행히 서로 우호적인 입장을 취하는 정도문파이기에 망정이지 어느 한 문파라도 색깔을 달리했다면 사천성은 피바람이 몰아쳤을 게다.

무천문이 그만한 위치에 올라선 것은 단지 문도의 수가 많기 때문만은 아니다. 문도 수만 가지고 논한다면 무천문은 다른 네 문파를 합친 것보다도 더 많은 문도가 있다.

하지만 대부분이 건강이나 살피려고 입문한 연무(緣武)다.

무천문의 절기를 이어받은 무인은 다른 네 문파와 비슷한 정도다. 그리고 그들의 무공은 절대 무시하지 못한다. 연무 과정만 거치고 출문한 문도와 똑같이 생각한다면 큰 오산이다.

한 장주의 뒤에 그림자처럼 버티고 있는 무인은 진짜 무천문 무인이다.

가슴에 '하늘 천(天)' 자가 새겨진 무복(武服)을 입고 있으니 천수(天手). 마음껏 중원을 활보해도 좋다고 인증받은 절정무인이다.

귀주사괴와 잔심마도는 그런 무인을 상대로 싸울 생각이 없었다.

무인만 없었다면… 한 장주같이 돈밖에 모르는 자가 감히 무인들에게 하대(下待)나 할 수 있으랴. 그런 소리를 듣고 가만있을 자신들도 아니지만.

신령이 옹색하게 말했다.

"가슴이 떨립니다."

"그게 도대체 무슨 말인가?"

"이 대청 안에… 불길한 물건이 있는 것 같습니다, 불길한 물건……아!"

신령은 무엇이 생각났는지 잔심마도를 쳐다봤다.

진취도 코를 벌름거리며 잔심마도에게 눈길을 주었다.

'귀신같은 놈들, 도대체 이놈들은 어떻게 생겨먹은 놈들이야?'

잔심마도는 쓸쓸한 미소를 지으며 품에서 독사의 서신을 꺼내 들었다.

"장주, 너무 심려 마십시오. 놈들을 잡는 것은 시간문제입니다. 놈들이 어디 있는지 몰라서 움직이지 못했지 알고서도 가만있었겠습니까? 이제 놈들이 있는 곳을 아니 한 달 안으로 잡아오겠습니다."

잔심마도는 자신있게 말했다.

"아!"

신령이 서신을 보고 짧은 탄식을 토해냈다.

진취나 광안, 통음도 서신을 보고 놀라기는 했지만 신령처럼 탄식을 토해내지는 않았다. 그들은 신령이 불길한 물건이라고 해서 그런 줄만 알았지 왜 그러는지는 모르는 까닭이었다.

"그게 뭔가? 서신 같은데?"

"독사 패거리가 독사에게 보낸 서신입니다. 아마도 독사는 이것 때문에 움직인 듯싶습니다."

잔심마도는 한 장주의 종복이라도 되는 것처럼 공손히 말하며 서신을 건넸다.

서신은 통음의 손을 거쳐 진취에게, 또 한환에게 전달되었다. 한환이 두 손으로 서신을 내밀었다. 한 장주는 불쾌한 표정을 풀지 않고 낚아채듯 서신을 받아 들었다.

서신을 읽어 내려가던 한보숭의 미간이 찡그려지기 시작했다. 이윽고 읽기를 마친 한보숭은 서신을 와락 구겨 집어 던졌다.

"파락호가 달리 파락혼가! 이런 놈들이 세상에 숨을 쉬고 있으니!"

장주의 음성이 분노로 덜덜 떨려 나왔다.

한청이 조용히 일어나 아버지가 집어 던진 편지를 주워 읽었다.

"읽어볼 것도 없다!"

한 장주가 고함을 질렀지만 한청은 계속 읽었다. 그리고 읽을수록 그녀의 아미(蛾眉)도 점점 찌푸려졌다.

서신은 펼치는 순간부터 인상을 찡그리게 만든다.

발로 써도 이보다는 더 잘 쓸 것 같다. 지렁이가 기어간다는 말이 있는데 서신에 적힌 글씨가 꼭 그렇다. 조잡하다 못해 도대체 글을 배운 인간인가 싶다.

내용은 더욱 저질이다.

강서성(江西省) 길안(吉安)에 자리를 잡았으니 와라. 무쇠라는 놈이 있는데 무척 강하다. 불곰과 한바탕 격전을 치렀는데 오히려 불곰이 나가떨어졌다. 너만이 상대할 수 있다. 무쇠만 꺾으면 호의호식하며 편히 살 수 있다.

거기까지는 읽어줄 만하다.

신분을 숨긴 채 살 수 있다는 말도 그럴 수 있다는 생각이 든다.

예쁜 계집이 많다. 돌주먹이 양가 규수를 꼬여 같이 살고 있다. 계집들은 하나같이 예쁘고 돈도 흔하다. 영은과는 비교도 되지 않으니 망설이지 말고 와라. 요빙이나 설향, 소홍 같은 계집애들은 얼굴도 들지 못하는 곳이 길안이다.

천생 파락호였다.

하기는 파락호에게 이런 것밖에 더 기대할 것이 무엇이겠는가.

"가서 놈들을 잡아오게. 죽여도 좋지만 반드시 머리를 가져와야 하네. 시장에다 효시할 생각이니까."

"알겠습니다."

잔심마도가 눈을 빛내며 말했다.

"불길해."

신령이 초를 쳤지만 옆구리를 꼬집는 진취의 제지에 곧 입을 다물어버렸다.

잔심마도와 귀주사괴가 물러간 뒤 한청이 말했다.

"곳간에 갇힌 자들은 죽이실 거예요?"

"죽여야지."

"죄없는 사람들이에요."

"네 오라버니를 죽인 놈과 한통속이야!"

"오라버니는 독사에게 죽었어요."

"그래서 어쩌자는 게냐? 풀어주기라도 하라는 게냐?"

"풀어줘야 해요. 그동안 고생도 많이 했으니 행채(行債)라도 넉넉히 줘서 보내세요."

한환이 눈을 부릅뜨며 말했다.

"너, 너, 지금 그걸 말이라고……?"

"아버님, 오라버니, 많은 사람들이 우릴 지켜보고 있어요. 그깟 여자 몇 명 죽여서 득 될 게 아무것도 없어요. 오히려 이 기회에 대인(大人)의 면모를 보여주세요. 아버님이 그럴수록 독사는 발붙일 곳이 없어져요."

"음……!"

한환은 입을 다물었다. 한청은 동생이면서도 어려웠다. 한청이 하는 말은 하나같이 조리가 있었고 틀린 말이 없었다. 그런 점에서는 한보숭도 마찬가지다. 눈에 넣어도 아프지 않을 금지옥엽(金枝玉葉) 셋째 딸의 말은 늘 정연했다.

'바꿔서 태어났다면······.'

사내자식들과 셋째를 비교해 볼 때마다 드는 생각이었다.

한림은 어딘가 항상 불안했다. 성격이 급하면서도 생각이 깊지 못했다. 학문도 게을리 해서 도통 진전이 없었다. 술을 좋아했고 어린 나이에 계집질도 했다.

모두 코 때문이려니 생각하고 이해했다. 코만 아니었어도 미장부 소리를 들었을 텐데, 한가장이라는 휘광이 없었다면 누구 하나 가까이 하려 들지 않으니 본인 심정이야 오죽했으랴. 그래서 정신이라도 차리라고 무천문에 입문시켰는데 그것이 오히려 명을 단축시킬 줄이야······.

둘째도 불안하기는 마찬가지였다. 첫째처럼 막나가지는 않았지만 학문보다는 유흥을 좋아했다. 머리를 써야 하는 셈보다는 노래를 좋아했다.

크게 튀지도 않고 못나지도 않은 평범한 자식이다.

반면에 셋째는 계집이면서도 학문에 깊이 정진하여 그릇이 커졌다. 커진 그릇의 크기는 행동으로 나타났다.

똑똑하고 야무졌다.

하나를 시키면 열을 헤아릴 줄 알았다.

사내라면 계속 학문에 정진케 하여 과거라도 보게 했을 텐데 계집으로 태어났으니.

첫째에게 가업을 물려주면 당대에 말아먹을 것 같고 둘째에게 물려주면 그럭저럭 현상은 유지할 것 같다. 물론 옆에서 뛰어난 자가 도와줘야 되겠지만.

셋째는 다르다. 셋째에게 물려주면··· 오히려 번창시킬 것 같다.

그러니 늘 계집으로 태어난 셋째가 가장 사랑스러우면서도 아쉬울 수밖에 없었다.

"그래, 네 생각대로 하자. 풀어줘라. 행채도 조금 나눠주고."

"잘 생각하셨어요."

"지금은 좋아서 날뛰겠지. 하지만 한 달 뒤면⋯⋯."

"아버님."

"⋯⋯?"

"아버님이 하시는 일이기에 말씀은 안 드렸습니다만 잔심마도와 귀주사괴는 독사 패거리를 잡지 못해요."

"뭐라고?"

"독사라는 사람, 저도 조금 알아요. 큰오라버니의 코를 그렇게 만든 사람이라 조사해 봤거든요. 싸움꾼이면서도 영리한 자예요. 무공을 배웠다면 후기지수(後起之秀) 반열에 올라섰을 게고 학문에 전념했다면 급제를 했을 자예요."

"너, 너⋯ 너 지금⋯⋯. 독사 그놈은 네 오라버니를 죽인 놈이야! 어디서 그놈을 추켜올리는 게냐?"

"독사를 정확히 말씀드린 거예요."

"듣기 싫다!"

한청은 물러서지 않았다.

"그 서신은 조작이에요."

"뭐?"

한보숭은 깜짝 놀랐다. 하지만 하루 종일 걸어도 벗어날 수 없을 만큼 넓은 땅을 가진 대지주답게 곧 사태를 파악해 냈다.

"자세히 말해 봐라."

차분히 가라앉은 음성이었다.

한청은 고개를 갸웃거렸다. 초승달 같은 눈썹을 찌푸리기도 했다. 풀리지 않는 난제(難題)를 만난 듯 고심을 거듭했다.

그녀가 혼잣말처럼 중얼거리기 시작했다.

"나타난 시기가 공교로워요. 아버님이 영은서원 훈장을 압박한 다음에 나타났거든요. 보름달이 뜨면 죽인다고 했는데… 보름이 얼마 남지 않았어요. 지금까지 흔적조차 남기지 않고 숨어 있다가……."

한청의 크고 맑은 눈이 밝게 빛났다. 앵두처럼 붉은 입술이 살짝 벌어지면서 말이 새어 나왔다.

"아버님이 훈장님께 압박을 가한 게 그제. 독사는 오늘 나타났고. 하루 사이에 오고 갈 수 있고 감쪽같이 숨어 있을 곳이라면……."

"아로산(阿露山)!"

"그래요. 너무 크고 넓어서 뒤져 볼 엄두가 나지 않는 산이죠. 독사는 그곳 어딘가에 숨어 있었어요. 훈장님과 독사만 아는 장소가 있었을 거예요."

"으음……! 옆에 두고도 몰랐다니!"

"독사는 요빙이란 여자 때문에 나타났어요. 죽도록 내버려 둘 수 없는 거죠."

"……."

"그 수가 이거예요. 귀주사괴와 잔심마도가 길안으로 달려갔지만 길안에는 아무도 없을 거예요. 헛걸음만 하는 거죠. 독사는 요빙이란 여자에게 아무런 미련도 없다는 걸 알리고 싶었던 거예요."

"그런데 그 계집들을 풀어주라고?"

"풀어주세요."

"너 지금 제정신으로……."

"독사는 오늘 밤 죽어요."

"뭣!"

"조금만 생각해 보면 간단해요. 이런 서신을 믿는다면 말이죠. 독사는 우리가 요빙을 풀어줄 것이라고 확신했어요. 자신이 아무 미련 없이 버린 사람을 죽이지는 않겠지 하고. 그 생각은 맞아요. 그럴 수는 없죠."

"혼란스럽구나. 요점을 말해 봐라."

"독사는 요빙 집에 있어요."

한청이 단정적으로 말했다.

"독사는 정말 떠날 거예요. 마지막으로 요빙을 보고 떠날 생각인 거죠. 마지막 결단도 숨어 있어요. 내일 날이 밝을 때까지 요빙이 돌아오지 않으면 독사는 한가장으로 쳐들어올 생각이에요."

너무 기가 막혀 말이 나오지 않았다.

한가장에는 많은 사람들이 있다. 저택만도 천여 평에 이르니 일손도 그만큼 많이 필요하다. 또 무인도 있다. 독사를 죽이기 위해 고용한 무인들이 아니라 한가장에서 기숙(寄宿)을 하는 무인들이. 그들은 좀처럼 나서지 않는다. 한가장 전체를 위협하는 무리가 나타났을 때만 나선다.

이런 사실은 인근 사람들이라면 모두가 알고 있다.

독사 따위가 쳐들어올 곳이 아니다.

한청이 말했다.

"요빙이라는 여자는 어차피 풀어줘야 해요. 아무 죄가 없거든요. 오라버니 죽음에 연관된 것도 아니고요. 오히려 풀어주는 쪽이 나아요. 요빙은 자신의 집으로 갈 것이고 독사와 만나겠죠. 마지막 상면은 시켜주세요."

"그런 걸 알았으면 진작 말하지 그랬니. 잔심마도와 귀주사괴가……."

"아뇨. 그 사람들은 독사를 죽이지 못해요. 독사를 죽인다면 자신들의 명을 단축시키는 거예요. 그래서 모른 척했어요. 애꿎은 사람이 죽을 필요는 없으니까요."

"그건 또 무슨 소리냐?"

"독사는 오래전부터 죽은 목숨이었어요. 아버님, 무천문을 쉽게 생각하지 마세요."

"네, 네 말은!"

"무천문이 바라는 것은 돈이에요. 현상금이 걸릴 때까지 기다린 거죠. 전부터 왜 무천문이 이렇게 무력할까 하고 생각했는데 지금 돌아가는 상황을 보니 명확히 알겠네요."

"후후후! 돈이라. 그까짓 돈 때문에……."

한보숭이 허공을 보며 실소를 지었다.

"독사는 무천 무인들이 죽여야 해요. 그래야 현상금을 받죠. 그전에 독사를 죽인 자들은 무천 무인들 손에 죽을 것이고. 그렇지 않나요?"

한청은 한보숭 뒤에 시립해 있는 무인에게 물었다.

무인은 입을 꾹 다문 채 조용히 서 있기만 했다.

한청은 생각했다.

'이해할 수 없어. 자기 목숨을 구하기도 바쁜 자가 창기 목숨 때문에 사지로 뛰어들다니. 못된 짓만 일삼는 파락호가…….'

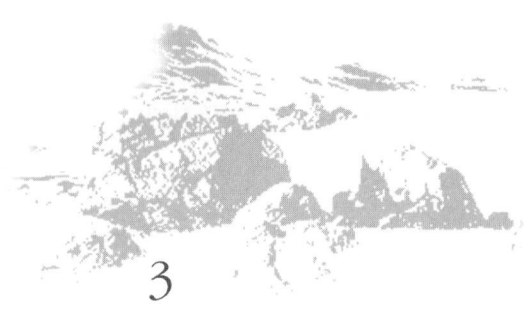

3

사랑해

　밤이 깊었지만 그렇게 어둡지는 않았다. 보름이 가까워서인지 하늘
에 떠 있는 달은 밝은 서광(瑞光)을 뿌려댔다.

　독사는 화살을 깎았다.

　나무 재질은 상관없었다. 좋은 나무를 구하면 좋지만 모든 게 구비
될 때까지 기다릴 수만은 없었다.

　'오늘 오지 않으면…… 후후, 그래도 가야겠지.'

　그는 내일 있을 결전을 준비했다.

　한가장에는 뛰어난 무인들이 많다.

　잔심마도와 이상한 능력을 지닌 네 괴물이 아니더라도 한가장 스스
로도 자신쯤은 감쪽같이 해치울 만한 무인들이 있다.

　확신할 수는 없다. 단지 소문뿐이니 정말 있는지 없는지는 부딪쳐
보아야 안다.

무인이 없다고 해도 한가장에는 많은 사람들이 산다.

아무리 싸움에는 자신있어도 몇백 명이 될지도 모를 사람들을 모두 상대하기는 버겁다.

한가장은 사지(死地)다.

독사는 베어온 대나무를 자르고 자른 다음 하완 크기의 화살을 만들었다.

무인에게는 통용되지 않은 화살이지만 한가장 장정들은 충분히 상대할 수 있을 게다. 그나마 사용을 자제해야 한다. 지근 거리에서 쏜다면 치명적인 상처는 피할 수 있지만 어두운 밤에 먼 곳에 있는 자를 쏜다면 어떻게 될지 모른다.

'한 장주, 대인의 풍모를 보여봐. 힘없는 아녀자를 붙잡고 협박하는 것은 대인이 할 짓이 아냐.'

밤이 깊어질수록, 시간이 지나갈수록 독사의 얼굴은 어두워졌다.

화살 서른 개가 만들어졌다.

그리고도 시간이 남았다. 주인 잃은 지 오래된 집에서 혼자 우두커니 앉아 할 일이 있을 리 없다.

독사는 침상에 드러누워 팔을 베고 얼마 전까지만 해도 영원히 깨어지지 않을 것 같았던 행복한 순간을 떠올렸다.

요빙은 항상 손님이 곯아떨어진 후에야 몸을 뺐다.

자연히 독사와 만나는 시간은 자정(子正)을 넘긴 후였다. 어떤 때는 새벽이 밝아올 무렵이 될 때도 있었다.

"나… 알고 보면 참 많이 지저분해."

"그럼 말하지 않으면 되겠네."

"말하지 않았으면 좋겠어?"

"말해 봐."

고통이 있다면 고통을, 행복이 있다면 행복을 함께 나누고 싶었다.

요빙은 처음으로 만난 여자였다. 사내보다 우락부락한 불곰의 어머니에게서 느껴보지 못한 포근함을 느끼게 만들어준 여자다.

파락호에게는 여자가 많이 꾄다. 술과 기녀는 떼려야 뗄 수 없고 술과 파락호도 뗄 수 없는 관계다. 기녀와 파락호가 만나는 것은 우연이 아니라 필연이다.

기녀들도 그렇다. 주먹질이나 하고 앞날도 모르는 놈이 뭐가 좋다고 투박한 말 몇 마디에 정을 줘버린다. 주객들의 달콤한 유혹도 콧등으로 흘려 버리는 여자들이 우락부락한 파락호의 눈짓에는 가볍게 넘어온다.

아마도 팔자가 비슷해서 쉽게 끌리는지도 모른다.

독사에게도 여자가 많이 따랐다. 내로라하는 주먹들을 푹푹 쓰러뜨리고 거기다 빠지지 않는 용모이니 바짝 붙는 게 당연하다.

독사는 그녀들에게서 포근함을 느끼지 못했다. 자신들과 비슷한 우악스러움과 화끈함은 보았지만 독사가 바란 여자는 자신을 감싸줄 수 있는 여자였다.

요빙이 그런 여자다.

요빙이 안고 있는 고통이라면 같이 나누는 것이 당연하다.

"집안이 지지리도 가난했어."

홍루에 있는 여자치고 가난하지 않은 여자는 없다.

"거기다 무슨 염병할…… 책임지지도 못할 자식들은 퍼질러 놔서 형제가 열셋이나 돼."

이것 역시 비슷한 가정사다.

"내가 그중에 일곱째인데… 견디다 견디다 어쩌지 못하겠던지 길 가는 놈에게 팔아버렸어. 얼마나 받았는지는 나도 모르고."

어렸을 적에 팔리지 않으면 소실로 들어가는 경우. 기녀 대부분이 그렇다. 특이한 경험이랄 수 없다.

"그 자식이 날 왜 샀는지 알아? 잡아먹으려고. 길에서 당했다. 얌전히 길을 가더니 갑자기 숲속으로 끌고 들어가서는……. 지나가는 사람들이 많았는데 어쩌면 그렇게 소리를 질러도 한 놈도 안 와보냐?"

"……."

"그때가 열두 살 때야. 넌 그때 뭐 했어?"

'싸움질했지.'

속으로만 말했다.

"그 새끼가 잡아먹은 것도 모자랐는지 팔아버리더라. 그래도 그때가 좋았지. 제법 괜찮은 청루(青樓)였거든. 오는 손님들도 전부 품위있었고 돈도 잘 쓰고. 후훗! 밤에는 하나같이 개가 되지만."

"……."

"열넷에 애를 뱄는데… 그 나이에 내가 뭘 알아야지. 아무리 생각해도 하루에 한 놈씩은 바꿔 잤으니까 누구 씨인 줄을 모르겠는 거야. 알아도 어쩔 수 없었고."

"화금(和金)?"

"응, 그때 뱄어."

"성(性)은 누구 성을 딴 거야? 네 성?"

"아니, 그냥 아무렇게나 지었어. 성이 없을 수는 없잖아."

"이름 예쁘게 지었네."

"괜찮지?"

"응."

백화금(白和金)이라는 이름은 흔하지 않다. 듣기에도 좋고 부르기도 좋다.

"내 이야기 마저 들어봐. 아이를 배니까 어땠는지 알아? 팔아버리더라. 기가 막혀서. 난 아이를 낳을 때까지는 봐줄 줄 알았거든. 아니면 아이를 지우게 해주든지. 임신했다는 사실을 알고 난 다음날 낯선 사내가 와서 끌고 가는 거야. 그날 배 위에서 또 한 번 당했지 뭐. 난 하늘 쳐다보면서 그 짓 할 팔잔가 봐. 너하고도 그랬잖아. 백사장에서 하늘 쳐다보며 했으니까."

"훗!"

"그때부터 화루(花樓) 생활을 삼 년간 했어. 거긴 참 지독한 데야. 청루에 있을 때는 몸이 망가지는 걸 못 느꼈는데 어중이떠중이들이 죄 모여서인지 쉽게 망가지더라구."

말이 좋아 화루다. 강에 배를 풀어놓고 술을 마시며 여인도 즐기는 곳이 화루다. 성질 고약한 놈은 마음에 들지 않는다고 기녀를 강 속으로 처박아 버린다는 말도 들었다. 그렇게 해서 죽은 여인이 많다고.

"화루에서 홍루로 오는 것은 일도 아니지 뭐. 몇 년만 지나면 자연이리 오게 되어 있어. 성질이 개 같아져서 손님들이 싫어하거든."

"그럼 지금 스무 살이네?"

"어떻게 알았어?"

"화금이가 여섯 살이잖아."

"호호호! 지금까지 그걸 계산하고 있었어?"

요빙은 두 살이 많았다. 그래서 어떤 때는 누이 같은 기분이 들기도 했다. 또 어떤 때는 자신이 돌보지 않으면 안 될 동생 같은 기분도 들었다.

요빙과 몸을 섞은 것은 단 네 번뿐이다.

그것이 여인과 몸을 섞은 모든 것이니 어디서 어떻게 했는지 기억이 또렷하다.

그것이 중요하지 않다. 요빙의 마음을 얻은 것이 중요하다. 자신이 마음을 준 것이 중요하다.

욕정이 치민 대로 원했다면 수십 번이라도 했으련만 그러지 않았다. 주객에게 시달린 그녀를 생각했다. 그냥 욕정이나 풀어버리는 여자로는 절대 생각하지 않았다. 그녀의 몸을 안은 것이 아니라 마음을 안았다. 그런 마음이 들기 전에는 잠자리를 같이하지 않았다.

몇 달 전만 하더라도 이 조그만 행복이 영원히 지속될 줄 알았다.

그런데 이렇게 깨어질 줄이야… 이토록 허무하게.

독사는 하얗게 웃는 요빙의 얼굴을 떠올리며 빙그레 웃었다. 그 입에, 그 볼에, 그 이마에 입맞춤을 해주고 싶었다.

생각만 해도 행복하다.

그러다 벌떡 일어나 앉았다. 아니, 일어나는 순간 문가에 숨어 바깥 동정을 살폈다.

"아!"

탄성이 절로 새어 나왔다.

독사는 문을 밀치고 밖으로 나갔다.

"독사, 너 이 새끼……."

요빙의 얼굴은 초췌했다. 머리는 산발했고 옷은 너덜거렸으며 얼굴에서는 윤기가 사라졌다.

고초가 얼마나 심했는지 알 만하다.

요빙은 가까이 다가온 독사를 멀끔 바라보다가 갑자가 따귀를 올려붙였다.

쫘악!

경쾌한 소리가 밤하늘을 울렸다.

"여긴 뭐 하러 온 거야? 나 죽었나 알아보려고?"

"요빙."

"이름 부르지도 마, 개새끼야!"

"요빙……."

독사는 요빙의 어깨를 잡아 품 안으로 끌어들였다.

"놔! 놔! 개새끼야! 놓으란 말야! 꺼져! 꺼져 버려! 꼴도 보기 싫으니까 꺼지라고!"

요빙은 욕설을 입에 담았다.

홍루의 기녀치고 욕설 모르는 기녀는 없다. 그중 특히 요빙의 욕설은 심했다. 독사 패거리들도 독사와 요빙의 관계가 깊어지기 전부터 욕설을 얻어먹었다. 덕분에 쇠스랑에게 귀싸대기를 얻어맞았고 그 결과로 쇠스랑은 요빙을 죽이든지 무릎 꿇고 사과를 하든지 양자택일(兩者擇一)을 해야만 했다.

독사에게도 욕설을 퍼부었다. 그것이 매력으로 보여 독사의 마음을 끌어당긴 결정적인 계기가 되었지만. 다른 여인들은 반대였다. 처음에는 사근거리다가 안 되겠다 싶을 때에서야 욕설을 입에 담았다. 요빙은 욕설로 시작해서 사근거리게 되었다.

그런데 또 욕설을 내뱉고 있다.

"빨리 가! 빨리 가란 말야! 꼴도 보기 싫다는데 왜 안고 지랄이야! 나 이제 고생하기 싫어. 왜 내가 너 때문에 쥐새끼들이 득실거리는 곳간에 갇혀 있어야 돼? 꺼져! 꺼져!"

독사는 이상한 예감을 받았다.

이건 요빙이 아니다. 뭔가 서둘고 있고 다급해한다.

"요빙!"

독사는 고함을 질렀다.

정말 그렇다. 요빙의 안색이 파랗게 질리면서 곁눈질로 사위를 살핀다.

'누가 뒤따르고 있군.'

싸움판에서 잔뼈가 굵은 독사는 대번에 사태를 파악했다.

너무 한가장을 얕봤다. 자신이 떠났으려니 생각하게 만들었다고 자신했는데 자신만의 착각이다.

'실수야. 그래도 뒤따르는 사람이 있는지부터 살폈어야 했는데.'

자신을 노리는 자가 나타난다면 절대 상대가 되지 않는다. 와마고개에 나타났던 자들이라면 요행조차 바라지 못한다. 그들이 아니더라도 형살검이 죽었으니 준비를 철저히 했다. 와마고개에서는 도주로라도 확보해 놨지만 여기는 그런 것조차 없다.

독사는 요빙의 허리를 부여 안았다. 우선 이 자리를 벗어나고 볼 셈이었다. 그러나 그것도 오산이었다. 상대는 독사에게 틈을 주지 않았다.

"독사, 집 안에 있었다니 놀랍군. 이럴 줄 알았으면 진작 들어가 보는 건데. 자칫 흔적이라도 남겨놓을까 봐 들어가지 않았는데 괜히 시간만 뺏겼군."

비쩍 마른 백의무인이 두 사람 앞에 나타났다.

요빙의 안색이 새파랗게 질렸다. 그녀는 황급히 독사의 앞을 가로막으며 소리쳤다.

"도망가! 빨리! 빨리 도망가란 말야!"

독사는 도망가지 않았다. 백의무인도 요빙의 말에 신경 쓰지 않았다. 독사는 도망가 봤자 무인의 손아귀에서 벗어나지 못한다는 것을 알았고 시함온은 독사가 어디로 도망가든 따라잡을 자신이 있었다.

독사가 말했다.

"무천문인가?"

시함온은 고개만 끄덕였다.

"무천문이라면 할 말이 없지. 한림을 죽였으니까."

요빙이 다시 고함을 질렀다.

"저 사람은 무서운 사람이야! 독사, 제발 내 말 좀 들어. 어서 도망가라니까! 넌 안 된단 말야, 개자식아! 말 좀 들어 처먹어!"

독사는 요빙의 말을 무시하고 시함온에게 말했다.

"날 죽이러 온 자에게 이런 말 하기는 좀 그런데… 시간을 줄 수 있나?"

"시간을 달라?"

"보다시피 엉망이야. 머리라도 빗겨주고 싶다."

독사가 요빙의 등 뒤에서 양 어깨에 손을 올리며 말했다.

시함온이 독사의 얼굴을 뚫어지게 쳐다봤다. 독사도 눈길을 피하지 않았다. 캄캄한 어둠 속에서 두 맹수의 눈빛만이 반짝반짝 빛을 토해 냈다.

"곧 언제?"

"곧."

"풋! 그럼 기루에서 빼낸 다음에는 같이 살 거야?"

"그래."

"난 애기도 못 낳아. 꼬마 계집이 아이를 낳느라고 거기가 잘못됐거든. 기루에서 아이를 어떻게 받는지 알잖아. 그래도 괜찮아?"

"괜찮아."

"화금이를 친자식처럼 아껴줄 거야?"

"내 자식이야."

"그 말 진심이지?"

"그래."

알고 있었다. 묻지 않아도 느낌으로 알고 있었다. 독사는 세상 어떤 여자든지 행복하게 해줄 수 있는 사내다. 그리고 그 행복을 자신이 차지했다.

"목 있는 데 좀 만져 줘. 뒷목이 뻐근해."

독사는 말 잘 듣는 시동(侍童)처럼 뒷목을 주물렀다.

침상에서 요빙은 딴사람이 되었다.

무천문에 갇혀 있으면서, 한가장에 갇혀 있으면서 억눌렸던 정열이 한꺼번에 폭발하는 것 같았다.

독사는 여자라고는 요빙이 처음이자 마지막이지만 이런 경험은 처음이었다. 전신의 모든 기운이 빨려 들어갔다. 발을 딛기만 해도 전신을 집어삼키는 깊은 수렁처럼 요빙은 빨아들이기만 할 뿐 놓아주지를 않았다.

두 시진 동안이나 침상으로 하여금 비명을 지르게 한 두 사람은 기진맥진해 꼼짝도 못하고 누워 있었다.

요빙의 독사의 가슴을 부드럽게 쓰다듬으며 말했다.

"정말 대단해. 나… 솔직히 이런 경험 처음이야. 믿기지 않지, 창기가 이런 소릴 하니까?"

독사가 요빙을 꼭 끌어안으며 말했다.

"믿어, 요빙. 너야말로 대단해."

"좋았어?"

"응."

"행복해?"

"응, 행복해."

"나도 행복해. 영원히… 영원히 깨지 않았으면 좋겠어."

"……"

그 말에 독사는 대답하지 못했다.

"세상 참 불공평해. 천신(天神)은 왜 사랑하는 사람이 한날한시에 죽지 못하게 만들었는지 몰라. 둘 중 한 사람은 이별의 아픔을 맛봐야 되잖아."

"미안해."

독사가 요빙을 끌어안았다. 손가락으로 머리카락을 부드럽게 쓰다듬었다.

"우리 약속하자. 죽는 순간까지 상대를 생각해 주기로."

"그래."

"하지만 죽으면 잊어버리기로. 젊은데… 영원히 한 사람만 생각하며 살 수는 없잖아. 죽은 사람에게는 미안하지만……."

"그래, 요빙. 그렇게 해."

독사의 대답은 담담했다. 요빙이 말하지 않아도 부탁할 참이었다. 말재주가 없어 어떻게 말을 해야 할지 두서가 잡히지 않았지만.

잘된 일이다. 죽은 사람은 깨끗이 잊어버리는 것이 좋다. 세상은 산 사람들 위주로 돌아가게 되어 있으니까.

"잠깐 있어봐. 꿀물 좀 타다 줄게."

"됐어. 괜찮아."

독사는 안은 팔에 더욱 힘을 주었다. 그러나 이번에는 독사의 뜻대로 되지 않았다.

"내 낭군 내가 챙겨야지 누가 챙겨. 꿀물 마시고 기운 내서 한 번 더 해줘."

"후후! 그거라면 안 마셔도……."

"가만있어 보라니까."

요빙은 독사의 팔을 제치고 일어섰다.

요빙의 뽀얀 살결이 달빛을 받아 요요롭게 빛났다.

요빙은 물 한 그릇을 떴다. 그리고 꿀을 풀었다.

행동은 거기서 끝나지 않았다. 독사가 누워 있는 침상을 흘낏 쳐다본 요빙은 살짝 기름종이를 풀어 안에 든 가루를 물에 탔다.

가루가 잘 풀어지도록 저금으로 휘저었다.

꿀물이 물에 녹는 시간 정도면 가루도 흔적없이 녹아버릴 게다.

요빙은 준비된 물 그릇을 가지고 독사에게 갔다.

"마셔."

독사가 물 그릇을 받아 들며 물었다.

"꿀은 어디서 났어?"

"항상 준비해 놓고 있잖아. 체할 때나 경기 들렸을 때는 꿀물이 그만이거든."

벌컥벌컥 들이키는 소리가 천둥처럼 울려 퍼졌다.

'사랑해. 사랑해. 사랑해, 바보야.'

터져 나오려는 오열을 간신히 억눌러 참았다.

물 한 그릇을 다 비운 독사가 말했다.

"이리 와. 춥잖아. 내가 녹여줄게."

독사의 몸에서 힘이 점점 빠졌다.

만취한 사람과 정사를 벌일 때처럼 시원치 않았다. 하다가 말고 깜빡깜빡 조는가 하면 화들짝 놀라 다시 하곤 했다. 그러나 그런 행동도 오래가지 못했다.

기녀들은 정말 만취한 사람들과 밤을 같이할 때가 있다.

그때는 상당히 괴롭다. 제대로 하지도 못하면서 지분거리기만 한다. 잠시 하다가 말면 그만이지만 재수없는 날은 꼬박 밤을 밝힐 때도 있다. 그러다가 새벽이 다 되어 술기운이 조금 가시면 진짜로 원해온다.

기녀들에게는 죽을 맛이다.

그래서 늘 미혼약(迷魂藥)을 지니고 다닌다. 미혼약을 복용시키면 불곰 같은 천하 거구도 날이 밝을 때까지는 혼수상태나 다름없는 깊은 잠에 빠진다.

독사라고 약 기운을 이겨낼 수 있을까?

요빙은 몸 위에 축 늘어진 독사를 꼭 껴안았다.

"사랑해."

이번에는 속으로 말하지 않고 소리 내어 말했다.

잠시 그대로 있었다. 독사의 느낌을 조금이라도 더 느끼고 싶어 힘껏 껴안은 채 가만히 있었다.

요빙은 젖 먹던 힘까지 다 끌어올려 독사를 질질 끌었다.

마음은 급한데 독사의 몸은 너무 무거웠다. 어떻게 뒷문까지는 끌고 왔는데 그 이상은 도저히 끌고 갈 수 없었다.

요빙의 머리 속에 손수레가 퍼뜩 떠올랐다.

여인이 혼자 살다 보니 이것저것 힘쓸 일이 한두 가지가 아니다. 그래서 생각한 끝에 손수레를 작게 만들어 무거운 물건들을 실어 나르곤 했다.

장독대에 가서 손수레를 들고 왔다.

다른 때 같으면 끌고 왔을 터이지만 무천 무인이 가까이에 있으니 자그마한 소리도 흘려서는 안되었다.

독사를 손수레에 싣고 소리나지 않도록 천천히… 천천히 끌었다. 한 걸음 움직이는 데도 족히 향 한 자루는 탈 시간이 흘렀을 것 같다. 그렇게까지야 되지 않았겠지만 느낌은 그랬다.

요빙은 독사를 싣고 장독대로 갔다.

지금만 생각하면 무천문이나 한가장에 갇혀 있었던 게 참 다행스럽다. 그렇지 않았다면 야채를 절여놨을 테고 비어 있는 장독은 없었을 게다.

요빙은 땅속에 묻힌 장독들 중에서 가장 큰 것을 열어보았다.

썩는 냄새가 와락 풍긴다. 어두워서 보이지는 않지만 구더기도 바글바글 거릴 것 같다. 무를 절여놓고 꺼내 먹지 않아서 썩고 있는 중이다.

다음 장독을 열었다.

갇혀 있지만 않았어도 대백채(大白菜:배추)가 들어 있을 곳이다.

그곳에서도 냄새는 풍겼다. 대백채를 많이 꺼내 먹었지만 그래도 아직 상당히 남아 있다.

요빙은 독사를 발부터 집어넣었다.

집어넣는 것도 힘들었다. 커다란 장독이지만 독사의 건장한 체구를 집어넣기에는 비좁았다.

그래도 할 수 없다. 지금 할 수 있는 방법은 이것이 최선이다.

다리가 들어가고 몸이 들어가고… 머리가 튀어나오는 것을 구겨 넣다시피 밀어넣었다. 그리고 장독 뚜껑을 닫았다.

요빙은 부지런히 움직였다.

장독대를 돌아다니며 작은 항아리를 찾았다. 드디어 찾는 것이 보였다. 원하던 작은 항아리는 엎어놓은 장독 위에 올려져 있었다.

장독 뚜껑을 열자 반질반질하게 윤기 나는 물이 보였다.

'이 정도면 충분할 거야.'

요빙은 방 안에 들어서자마자 항아리 뚜껑을 열고 안에 든 물을 구석구석에 뿌렸다.

향긋한 냄새가 방 안을 진동했다.

이윽고 항아리에 든 물을 모두 쏟아 부은 요빙은 큰 숨을 한 번 들이쉬고는 유등(油燈)에 불을 밝혔다.

먼지로 가득한 방 안 정경이 한눈에 들어온다. 독사와 뒹굴었던 침상이 어지럽게 널려 있다.

모두 물에 젖었다. 어느 한구석 물기가 닿지 않은 곳이 없다.

요빙은 방문을 활짝 열었다.

차디찬 초겨울 밤 공기가 물밀듯이 밀려들어 왔다.

요빙의 눈길은 나무 아래 앉아 있는 무인에게 향했다.

무인이 꿈틀거린다. 무슨 일인가 싶을 게다. 지독한 작자…… 정말 나무 아래서 밤을 밝히고 있다.

가만히 앉았다. 유등 껍데기를 벗겨내고 방바닥에 뿌려놓은 검은 물에 불을 갖다 댔다.

새파란 불꽃이 빠른 속도로 방 안을 휘감았다.

화악!

파랗던 불꽃은 노란색으로 변했다. 그리고 삽시간에 붉은색으로 변해 초라한 초옥 전체를 집어삼켰다.

'사랑해…….'

요빙의 눈가에 눈물이 맺혔다.

초옥을 집어삼킨 화마는 그녀의 육신마저도 날름 삼켜 버렸다.

第六章

무인이 되고자

1

무인이 되고자

휘이이잉……!

매서운 겨울바람이 모질게 얼굴을 때리고 지나갔다.

정각(淀愨)은 털모자를 깊숙이 눌러썼다.

세상이 은빛으로 채색되어 있지만 그의 관심을 불러오지는 못했다. 은빛 세상은 정각 같은 사람에게는 오히려 불편한 세상밖에 되지 않았다.

"춥지 않으슈?"

"괜찮습니다."

달구지에 엉덩이만 걸치고 앉아 있는 젊은 청년은 깊게 수레바퀴 자국이 난 눈길을 보며 대답했다.

정각은 고개를 갸우뚱거렸다.

보면 볼수록 희한한 젊은이다. 입고 있는 옷이나 행동거지를 보면 부유한 집안의 자제가 틀림없을 텐데 소달구지가 웬 말인가? 저 정도면 편안하고 안락한 마차를 타고 여행해야 당연한데.

"사홍(射洪)엔 무슨 일로 가슈?"

"만날 사람이 있습니다."

"이런 엄동설한(嚴冬雪寒)에 찾아가는 걸 보니 친분이 대단한 모양이오?"

"……."

"안악(安岳)에서 오셨다고 하셨수?"

"예."

"그곳은 좀 어떱디까? 사정이 괜찮은 편이우?"

"다 똑같죠."

"그럴 거유. 빌어먹을 세상 같으니. 이럇!"

장각은 암소에게 애꿎은 화풀이를 했다.

한여름에 메뚜기 떼가 극성을 부린 영향은 오래가지도 않고 바로 그해 겨울 바로 효과를 나타냈다.

여기저기서 굶어 죽는 사람이 속출했다. 딸이라도 있는 사람은 그나마 입에 풀칠이라도 할 수 있었지만 장각처럼 아들만 들입다 여섯을 낳은 사람의 경우에는 더욱 어깨가 무거웠다.

"하하! 이놈과 젊은이는 인연이 있는가 보우. 마지막 저승길 가는 길에 젊은이를 태우다니."

"도축장으로 가는 길입니까?"

"……."

이번에는 장각이 대답하지 않았다. 아니, 못했다. 유일한 재산이라고 할 수 있는 암소를 도축장으로 끌고 가는 심정은 말로 헤아릴 수 없을 만큼 착잡했다. 소가 없으니 달구지도 필요없다. 다만 얼마라도 더 받으려고 달구지까지 끌고 가지만 하나같이 돈이 씨가 마른 터라 제값을 받기는 글렀다.

덜그덕! 덜그럭……!

소달구지가 삐걱거리며 눈길을 헤쳤다.

암소는 제 죽을 곳을 향해 부지런히도 걸었다. 사람이라면 어떻게든 가지 않으려고 발버둥 칠 텐데 뚜벅뚜벅 게으름도 피우지 않고 걸었다.

눈바람이 휘몰아치는 논길 너머로 거무스름한 성곽(城郭)이 모습을 드러냈다.

매서운 겨울바람도 뚫고 들어가지 못할 굳건한 성곽이다.

성문 주변에는 많은 사람들로 북적거렸다.

시끌벅적하게 떠드는 소리가 멀리까지 들려왔다. 기름에 지지고 볶는 맛있는 냄새가 마음을 들뜨게 했다.

"다 왔수. 저기가 사홍이오."

"고맙습니다."

젊은이는 멀리서 북적북적한 도읍을 볼 때부터 내릴 준비를 하고 있었다.

"객잔(客棧)을 찾으려면 서둘러야 할 게요. 오늘은 장날이라서 객잔마다 발 디딜 틈이 없거든."

"네."

"알고 있는 데가 있수?"

"초행(初行)입니다."

"그럼 성안으로 들어가서 자명루(紫明樓)를 찾으시우. 쉽게 찾을 수 있을 게요. 우리 같은 촌것들은 발도 딛지 못하는 곳이지. 명문고관(名門高官)이나 출입하는 곳이라우."

"네에."

장각은 젊은이가 건성으로 대답한다고 느꼈다. 젊은이는 자명루 같은 곳에는 관심이 없다.

'옷만 번지르르했지 가난뱅이인가? 그럴 수도 있지. 아는 사람을 찾아가는 길이라면. 아닌데…… 행동거지며 말투며 부귀가 철철 넘쳐흐르는데…….'

장각은 혹시나 해서 물었다.

"값싼 곳을 찾으슈?"

"가장 싼 곳은 얼맙니까?"

'응? 정말 돈이 없나? 그렇겠지. 그러니까 찬바람 맞으며 소달구지에나 엉덩이를 붙였겠지. 누굴 찾아가는지는 몰라도…… 쯧! 입은 옷값만 해도 사흘은 먹고 살겠구만.'

"가만있자, 가장 싼 곳이라면… 성문을 들어가자마자 왼쪽으로 성벽을 따라서 쭉 가면 구석진 곳에 붉은 깃발이 하나 보일 게요. 너무 오래돼서 글씨는 알아볼 수 없고 흔히 접방(摺房)이라고 부르는 곳인데 서너 푼이면 잘 수 있을 게요."

"……."

"…서너 푼도 없수?"

"……."

"쯧! 젊은이도 참 딱한 신세구려."

속으로는 그렇게 생각하지 않았다.

'사지가 시퍼런 놈이 아무 일이나 할 생각은 하지 않고. 잘 빼입은

옷에 유난히 깔끔을 떠니 혹시 말로만 듣던 화화공자(花花公子) 같은 그런 족속 아냐?'

지금까지 가졌던 호감이 썰물처럼 빠져나가는 순간이었다.

그러나 장각은 자신의 생각을 또 한 번 바꿔야만 했다.

사람들이 북적거리는 장터를 삼십여 장 앞뒀을 때 젊은이는 행낭(行囊)에서 전낭(錢囊)을 꺼냈다.

장각은 놀랐다.

'헉! 저, 저게 전부 돈!'

젊은이가 꺼내 든 전낭은 어린아이 얼굴만큼이나 통통했다. 무게도 상당히 나가 보였다. 붉은색에 노란 꽃무늬가 새겨진 전낭인데 금송아지처럼 보였다.

젊은이는 동전 열 문을 꺼내 달구지 위에 놓았다.

"먼 길 잘 타고 왔습니다."

"그, 그거… 나 주는 건가?"

"언제 인연이 있으면 또 달구지 신세 좀 지겠습니다."

"그, 그, 그러게. 그러지 뭐."

장각은 입이 쭉 찢어졌다.

동전 열 문이면 쌀이 석 되다. 물론 잘 먹고 잘사는 사람들에게는 며칠치 양식밖에 되지 않는다. 그러나 쌀 대신 보리를 사고 옥수수 가루와 소나무 껍질을 섞으면…… 강에서 고기를 잡아 어죽을 쑤어 먹으면…… 잘하면 겨울을 이겨낼 수도 있을 것 같다.

웃기는 일이다. 탈탈 털어도 먼지밖에 나오지 않을 때는 오직 암소를 팔 생각밖에 없었는데 겨우 동전 열 문이 생겼다고 희망이 샘솟는다. 그러자면 참 힘든 겨울을 보내게 될 것이다. 어느 때인가는 또 암소를 팔 생각이 날지도 모른다. 하지만 지금은 아니다. 지금만은 겨울을 이겨낼 수 있을 것 같다.

장각은 사양하지 않고 동전을 거뒀다.

"고맙네, 젊은이. 어?"

젊은이는 벌써 그 자리에 없었다. 그는 휘적휘적 걸어 눈이 가득 덮인 논 한가운데를 걷고 있었다.

"여보게! 그쪽은 아무것도 없어! 민가도 없다네!"

장각은 고함을 질렀지만 바람 소리에 묻히고 말았다. 젊은이는 들었는지 못 들었는지 계속 걸어갔다.

독사는 야산 깊숙이 파고들었다.

날은 어두워오고 바람은 앞을 볼 수 없게 휘몰아치지만 그의 발길을 막지는 못했다.

독사의 눈빛이 빛났다.

드디어 원하는 장소를 찾았다.

큰 바위 두 개가 나란히 놓여 있는 틈새라면 바람을 피할 수 있을 것 같다.

바위 앞에 이르자 옷부터 벗었다.

비단옷은 모양은 좋지만 겨울에 입고 다니기에는 추웠다. 장각의 생각처럼 안락한 마차를 타고 다니는 사람들이나 입을 수 있는 옷이다.

벗은 옷을 곱게 접어 한쪽에 올려놓았다.

한겨울 산속에서 속옷만 입고 있는 독사의 모습은 정신병자나 다름없었다.

독사는 추위를 이겨내기 위해 몸을 움직였다.

머리로 굵은 잣나무를 들이받자 쌓였던 눈이 우수수 떨어졌다. 주먹으로 치기도 하고 발로 차기도 했다.

전신에서 땀이 흠뻑 쏟아질 정도로 격렬하게 움직였다.

이마에 송골송골 땀이 맺혔다. 전신에서는 후끈 하고 열기가 솟구쳤다. 파랗게 질렸던 살갗에 불그스름한 화색이 피어났다.

몸이 풀리자 부러진 나뭇가지를 주워 와 불을 피웠다.

생각대로 큰 바위들의 틈새는 바람이 닿지 않았다.

바람이 약이 올랐는지 쉬잉! 하고 귀신의 호곡성을 터뜨리며 불길을 헤집었다.

'요빙……'

독사의 눈빛은 침울하게 가라앉았다.

한 여인에게 큰 죄를 지었다. 세상을 마감하는 순간까지 갚아도 갚아도 다 갚지 못할 빚을 졌다.

그런 것은 아무래도 괜찮다. 독사는 요빙이 죽은 다음에야 자신이 얼마나 그녀를 사랑했는지 절실히 깨달았다. 언제나 발길만 옮기면 만날 수 있었던 그녀가 세상 어느 구석에도 없다는 사실은 독사를 외로움과 고독 속으로 몰아넣었다.

세상에 태어나서 처음으로 정을 주고받았다.

부모에게 받았어야 할 정을 그녀에게서 받았다. 부모에게 쏟아야 할 정을 그녀에게 주었다.

남들은 하룻밤 풋사랑이라고 웃을지도 모른다. 창기와 하룻밤 잤다고 '정(情)' 운운하면 창기들이야말로 세상에서 가장 행복한 사람이 아니냐고 놀릴지도 모른다.

그들은 독사를 이해하지 못한다. 독사의 마음을 어림짐작조차도 못하는 사람들이다.

독사는 활활 타오르는 모닥불에서 요빙을 보았다.

등잔불을 보든 아궁에서 타오르는 불길을 보든 모닥불을 보든……불만 보면 요빙이 떠오른다.

얼마나 뜨거웠을까? 얼마나 고통스러웠을까?

'무공을 익히고 떳떳한 모습으로 찾아갈게. 네 죽음이 헛되지 않았다는 것을 보여줄게.'

독사는 모닥불을 지켜보다 눈살을 찌푸렸다.

저벅! 저벅……!

눈 밟는 소리가 싸늘하게 들린다.

방해받고 싶지 않은 순간인데 방해를 받고야 말았다.

산의 지형을 보면 사람이 들지 않는 야산이다. 한겨울 깊은 밤에는 더 더욱 들어설 이유가 없다. 있다면 오직 하나, 자신을 향해서 오는 것일 게다.

짐작은 맞았다.

잠시 후 우락부락한 장정 십여 명이 독사 앞에 섰다.

그중 한 명이 징그러운 미소를 흘리며 모닥불가에 앉아 불기를 쬐며 말했다.

"아까 보니까 돈이 무척 많던데… 돈 많은 놈이 여기서 뭐 해? 지금쯤 야들야들한 계집 엉덩이나 주무르고 있어야 할 시간 아냐? 구린 돈인가?"

"……."

독사는 쳐다보지도 않았다. 모닥불에 시선을 둔 채 목석처럼 앉아 있었다.

"돈이야 구리든 어쨌든 있으면 좋은 거지 뭐. 계집 하나 소개시켜 주려고 왔는데, 가자. 우린 많이 안 바래. 선심도 잘 쓰는 것 같던데 조금만 나눠 주면 돼."

"……."

"이 새끼가……! 새끼야, 사람이 말을 했으면 대답을 해야지! 말이 말 같지 않다는 말이야!"

불을 쬐던 사내가 손을 들어 머리를 쳐왔다. 그 순간 독사의 신형이 번개처럼 퉁겨졌다.

빠악!

사내는 비명도 지르지 못하고 뒤로 벌렁 드러누웠다. 그의 이마에서 흐르는 피가 하얀 눈 위에 붉은 꽃을 그렸다.

"엇!"

다른 사내가 놀랐는지 외마디 경악성을 토해냈다. 그러나 싸움에 이골이 난 파락호들답게 곧 싸움 태세를 갖췄다.

독사는 다시 퉁겨 올랐다. 막 주먹을 말아 쥐는 사내의 턱을 올려 차고 주먹으로는 그 옆에 선 자의 안면을 찍었다.

우둑!

이빨 부러지는 소리가 조용하던 야음을 깨뜨렸다.

순식간에 세 명을 쓰러뜨린 독사는 더 이상 공격하지 않았다.

"꺼져."

한마디면 족했다. 엉거주춤 서 있던 사내들은 황급히 쓰러진 자들을 들쳐 업고 사라졌다. 한마디는 잊지 않았다.

"너, 이놈의 자식! 두고 보자! 꼼짝 말고 기다리고 있어. 오늘 네놈이

젯밥을 먹는지 우리가 먹는지 해보자."

독사는 흩어진 모닥불을 정리하고 앉았던 자리에 다시 앉았다.

일반 사람들이 '두고 보자'는 말을 하면 웃어넘겨도 좋다. 그런 말은 능력없는 사람들이나 한다. 파락호는 다르다. 그들에게는 '대형'이라는 사람이 있다. 그는 정말 싸움을 잘할 게다. 적어도 한 지역 파락호들을 단숨에 때려눕힌 싸움꾼이다.

싸움이 어떤 연유 때문에 붙었는지는 상관하지 않는다. 수하들이 당했다는 것만 생각하고 영역 침범으로 간주한다.

하지만 오늘같이 궂은 날에는 오지 않는다.

독사는 확신했다.

대형이라는 작자는 술에 취해 누가 떠메가도 모를 만큼 잠들었거나 여인과 동침하고 있을 게다. 그게 파락호들의 삶이지 않은가.

독사는 팔을 베고 드러누워 회색 빛으로 물든 밤하늘을 쳐다봤다.

사방 어디를 봐도 요빙이 어른거린다.

요빙과 함께 칙칙한 밤하늘을 올려다본 적이 있다.

생각을 해서인가? 요빙의 나긋나긋한 음성이 들려온다. 엊그제 나눈 대화인 듯 뚜렷하게 기억나는 음성이다.

"돈은 얼마나 모았어?"

"없어."

"하나도?"

"응."

"돈…… 꽤 많이 뜯지 않았어? 그 돈 다 어디 썼어? 노름해?"

"책 샀어."

"책……?"

요빙의 눈가에 호기심이 일렁거렸다.

"책 읽어?"

"응. 훈장어른께 글을 배웠잖아. 책을 읽으면 마음이 편안해져서 좋아."

"그럼 난 어떻게 빼줄 건데?"

"지금부터 모을게."

"어느 천년에. 나 빼내줄 만큼 돈 모으려면 평생 걸리겠다. 나 늙어죽고 난 다음에 빼줄 거야?"

"일할 거야."

"…그게… 무슨 말이야? 일? 네가? 호호호! 여보세요, 말 같은 소리를 해야 믿죠."

"싸움에서 손뗀다고 말해 놨어."

"정말이야?"

"마방(馬房)에서 일할 거야. 골목이란 골목은 훤히 알고 말도 잘 몰잖아."

"너… 정말이구나!"

"부지런히 벌어서 빼줄게. 마음 같아서는 어느 한 놈 후려서라도 당장 마련하고 싶지만… 내가 번 돈으로 빼줄게."

"너… 너… 나쁜 새끼! 나한테는 한마디도 안 하고……."

요빙이 와락 껴안았다.

그때의 감촉이 느껴진다. 보송보송한 얼굴의 감촉이며 봉곳한 가슴이 짓누르던 느낌까지 고스란히 느껴진다.

요빙은 이런 말도 했다.

"너, 나 정말 사랑하는구나?"

"응."

"어디가 그렇게 좋아?"

"전부."

"변하지 않을 자신 있어? 나중에라도 창기라고 타박하면……."

"넌 내 여자야. 내가 지켜."

요빙은 더욱 깊이 안겨들었다. 그리고 말했다.

"책은 왜 그렇게 읽었어? 과거라는 것도 보지 못하잖아."

"처음에는 재미있어서 읽었는데… 지금은 훈장이라도 할까 생각 중이야. 훈장어른 하던 걸 물려받으면 될 것 같기도 하고. 널 빼낸 다음에."

"그래, 그렇게 해. 앞으로도 책 손에서 놓지 마. 사고 싶은 책 있으면 말해. 내가 대줄게. 이래 봬도 나 돈 많아."

"책은 읽을수록 맛이 나. 더 안 사도 돼. 돈 생기는 대로 모을게."

"그런 말이 아냐. 나 정말 돈 많아. 너, 운 좋은 줄 알아. 어느 놈한테도 말하지 않았지만 조금만 더 모으면 내 힘으로 빠져나올 수 있어. 너무 걱정 말고 책 읽어. 아! 생각만 해도 신난다. 그럼 난 훈장 부인이 되는 거지?"

요빙은 정말 즐거워했다. 그리고 그녀 말마따나 돈도 많았다.

요빙은 세상에 남겨둔 것이 있어서인지 원한에 사무쳐서인지 완전히 타지 않았다. 이미 집은 재만 남았지만 아직 사라지지 않은 불꽃 속에 타다 만 검은 유골이 숯덩어리와 뒤섞여 나뒹굴었다.

독사는 굵은 눈물을 흘리며 검게 그슬린 뼛조각을 하나하나 깨끗이 닦아 항아리에 넣었다. 작은 뼛조각 다섯 개를 추려서 줄에 꿰어 목에 걸었다. 그러면서 오 년 후에는 반드시 찾아오겠다는 다짐을 했다. 다섯 개의 뼛조각은 그런 의미로 챙겼다.

그녀의 유골은 목숨을 다한 뒤꼍 장독대에 묻었다.

아직은 요빙도, 독사도 쉴 때가 아니다. 오 년 후 다시 찾아왔을 때 세상에서 가장 편한 잠자리를 마련해 줄 생각이다. 그녀가 환한 모습으로… 열정적으로 몸을 섞을 때처럼 즐거움 마음으로 쉴 수 있도록 해줄 참이다.

유골을 담으려고 작은 항아리를 찾다가 칠 부쯤 채운 동전 항아리를 발견했다.

"난 돈을 모아야 해. 화금이가 철이 들 무렵까지는 몸을 빼려고 악착같이 모았거든."

몸을 축내가며 사내들의 술에 전 입 냄새를 맡아가며 모은 돈이다. 백화금이에게 어미가 몸 파는 모습만은 보여주지 않겠다며 한 푼 두 푼 모은 돈이다.

요빙은 항아리에 돈을 넣을 때마다 희망에 부풀었으리라.

그 돈이 행낭 속에 있다. 그건 돈이 아니라 요빙의 육신이다. 어쩔 수 없어서 사기는 했지만 요빙의 육신을 갉아먹는 심정으로 비단옷을 샀다.

오늘처럼 궁핍한 사람을 도와줄 때는 오히려 마음이 편하다. 요빙도 밝게 웃어줄 것 같다. 하지만 요빙의 육신으로 안락한 침상을 구한다거나 하는 짓은 독사 자신이 용납할 수 없었다.

돈이라고 다 똑같은 돈이 아니다.

쓰고 난 다음에 채워 넣을 수 있는 돈이 아니다.

행낭 속에 든 돈은 요빙의 손길이 묻어 있다. 요빙의 냄새가 배어 있다. 요빙의 희망과 속삭임이……

2

무인이 되고자

독사가 사홍을 거쳐 삼태에 이른 것은 야산에서의 일이 있은 지 엿
새가 지난 후였다.

사홍에서 삼태까지는 관도(官道)로 구십 리 길이다.

발 빠른 말이라면 반나절 만에 당도할 수 있고 걸음이 느린 사람이
라도 사나흘이면 도착할 수 있다.

독사는 서둘지 않았다.

야산에서 날이 밝기를 기다렸다가 삼태성에 들어섰다.

힘들거나 어렵거나 사람들은 살아간다. 아침이 되면 밥 짓는 연기가
솟아오르고 수탉도 목청을 돋운다.

공동 우물에서 물 한 그릇을 퍼 마셨다.

토끼라도 잡는 날에는 허기를 때우는 것이고 그렇지 못하면 물로 배
를 채워왔다.

행낭 속에는 모두 탐을 낼 만큼 많은 돈이 들어 있지만 동전 한 닢도 자신을 위해서는 쓰지 않았다.

'현문……'

벙어리는 현문을 찾으라고 했다.

동천주에는 무림문파 두 곳이 백여 리 사이를 두고 존재한다.

사천 오주 가운데 하나인 중강 도림이 한 곳이며 삼태 현문이 또 한 곳이다.

현문은 강한 문파다.

사천 오주처럼 문도 수는 많지 않지만 하나같이 절정고수들이다.

사천 사람들 중에 현문을 모르는 사람이 있을까?

운이 없다면 도림과 같은 동천주에 둥지를 틀었다는 것뿐이다. 다른 지역에 문파를 건립했다면 아마도 사천 오주는 사천 육주로 늘어났을지도 모른다.

현문은 중강 도림의 그늘에 가려 제 위치를 찾지 못한 문파다. 삼 년마다 치르는 친선 비무에서 중강 도림에게 연 사 회(四回)를 내리 진 다음부터 급속하게 성장이 둔해진 문파이기도 하다.

겨울 한복판인지라 새벽 대로(大路)는 한산하기만 했다.

음식점이나 다루(茶樓)는 아직 문을 열지도 않았다. 주루(酒樓)나 홍등을 내건 기루는 어젯밤의 흥청거림을 말해 주는 듯 술 냄새를 풍겨냈다.

"웩! 웨엑!"

독사는 토악질 소리에 기방 옆 골목을 봤다.

기녀 한 명이 밤새 어디서 무엇을 했는지 토악질을 해대고 있다.

흔히 봤던 풍경이다. 아마도 기녀는 어젯밤 흥이 돋았나 보다. 그렇지 않고서는 밤새도록 술을 마시지 않는다.

독사는 기녀에게 다가가 등을 두드려 주었다.

"누구야?"

기녀의 입에서 역한 냄새가 풍겼다. 술 냄새와 뱃속의 것을 게워내며 배인 냄새가 뒤섞여서 풍겨났다.

"토하던 거나 마저 토해."

기녀는 흐릿한 눈으로 독사의 얼굴을 잠시 쳐다보다가 급히 고개를 돌려 토하기 시작했다.

독사는 참을성있게 등을 두드렸다.

토한 오물이 바지에 튀었지만 개의치 않았다.

기녀의 숨소리가 잦아들었다. 급한 대로 어제 먹은 것은 모두 토한 것 같다.

독사는 잠시 더 등을 두드려 주다가 몸을 일으켰다.

기녀가 흐릿한 눈으로 쳐다봤다.

기녀는 야화(夜花)다. 밤의 꽃. 낮이 되면 같이 자려고 몸을 안달내던 사내도 밋밋한 눈으로 쳐다본다. 그러다 또 밤이 되면 꽃 향기를 쫓는 나비처럼 날아든다.

독사는 기녀의 눈길을 무시하고 걸었다.

골목을 빠져나오자 찬바람이 얼굴을 스쳐 갔다. 역한 냄새를 씻어주려는 듯이.

현판(懸板)에 적힌 글씨가 현문(玄門)이 틀림없으니 목적지에 당도한 것 같다.

독사는 문이 열리기를 기다렸지만 대문은 좀처럼 열리지 않았다. 두들길 생각도 하지 않았다. 그럴 생각이 들지 않았다.

현문은 사천성에 널리 알려진 문파치고는 크지 않았다. 크기로만 본다면 한가장이 훨씬 더 커 보였다. 하지만 고풍(古風)이 물씬 풍겼다. 한가장이 언제나 새로 지은 집같이 반질반질하다면 현문은 기둥도 거무스름하고 대문도 많이 낡았다. 그러면서도 명문(名門)의 위엄을 뿜어냈다.

파락호들은 안 그런 척하면서도 이런 장원을 보면 주눅이 든다. 대문 너머에는 자신들과는 전혀 다른 딴 세상 사람들이 산다고 생각한다. 그래서 가까이 다가서려고도 하지 않는다.

'아침이 훨씬 지났는데……'

무슨 무림문파가 이토록 조용하단 말인가? 현문에는 수문(守門) 무인도 없단 말인가?

현문은 잠자고 있는 사자처럼 건드릴 수 없는 침묵으로 위협했다.

현문이 말을 하기 시작한 것은 아침도 훌쩍 넘긴 점심 무렵이었다.

해가 중천에 뜨고 길에 오가는 사람이 제법 많아질 무렵 대문 옆의 소문이 삐걱! 하고 열렸다.

무심히 밖으로 나오려던 사람은 사람이 서 있는 것을 보고 흠칫 놀란 듯했다.

"뉘쇼?"

"왕각이란 분을 뵈러 왔습니다."

독사는 가급적이면 공손히 대답했다. 벙어리에게 명문가의 후손만 제자로 받아들인다는 말을 들어 알고 있으니 파락호의 냄새를 지울 수 있는 데까지는 지워야 한다.

"왕각?"

"네."

"들어가 보슈."

사내는 독사를 위아래로 훑어본 후 건성으로 말했다.

독사는 현문이라고 적힌 현판을 흘깃 쳐다본 후 안으로 발걸음을 떼어놓았다.

막 소문을 들어서는 그의 등 뒤에서 사내의 궁시렁거리는 소리가 들려왔다.

"사람을 찾아왔으면 문을 두들길 것이지…… 깜짝 놀랐네."

독사를 본 사람들은 한결같은 모습을 취했다. 누구도 하대를 하지 못했다. 독사가 입고 있는 옷이 그렇게 하도록 시켰다. 그러나 왕각을 찾아왔다는 말을 듣고는 말도 귀찮다는 듯 턱짓으로 말을 대신했다.

독사는 네 번이나 물은 끝에 왕각을 만났다.

'왕각……?'

왕각으로 짐작되는 자는 입 주변을 기다란 광목으로 둘둘 말고 부지런히 일을 하고 있었다.

그런데 그 일이라는 것이 똥을 푸는 일이다.

멀리까지 냄새가 풀풀 날리는 묵은 똥을 바가지가 달린 막대로 휘휘 저어 똥장군에 퍼 담았다.

벙어리가 야속했다. 없는 것보다는 낫다는 말을 들었을 때부터 별로 미덥지는 못했지만 하인들도 멸시하는 똥장군일 줄이야…….

독사는 그에게 다가가 물었다.

"왕각을 찾아왔습니다."

그자가 독사를 흘깃 쳐다보고 말했다.

"내가 왕각인데 뉘쇼?"

"영은촌의 벙어리가……."

"벙어리? 아! 그놈? 왜? 일 저질렀어? 사람 죽이고 뭐 그런 쪽이야, 아니면 건드리지 말아야 할 계집을 건드린 쪽이야?"

왕각은 수만 가지 사연을 다 제쳐 두고 두 가지만 물었다.

"현문에 입문하려고 합니다."

"뭐?"

왕각은 깜짝 놀라 똥바가지를 놓칠 뻔했다. 그는 똥 푸는 막대를 잡은 채 독사의 위아래를 훑어보았다.

"돌아가."

"네?"

"영은촌으로 돌아가라고."

"……."

"너, 몇 살이야?"

"열여덟입니다."

"현문은 열두 살 넘은 사내는 입문시켜 주지 않아. 그것도 모르고 왔어?"

"몰… 랐습니다."

처음 듣는 소리다. 벙어리는 이런 말을 해주지 않았다.

"하룻밤 재워줄 수는 있는데 입문은 곤란해. 그럴 만한 힘도 없고. 왜? 벙어리에게 사기당했어? 그럼 잊어버려. 괜히 벙어리 찾아가서 따따부따해 봤자 입만 아프고 맞아 죽기 십상이야. 눈빛을 보니 네놈도 만만치는 않을 것 같다만."

독사는 힘이 쫙 풀렸다.

현문만 찾아오면 입문이 가능할 줄 알았다.

왕각이 큰 도움은 안 되겠지만 어느 정도 영향력있는 사람을 만나게 는 해줄 수 있을 것 같았고.

당장 오늘 저녁부터 무공이란 것을 익히게 될 것이라고 한껏 부풀었 던 마음이 물거품처럼 사라졌다.

"……."

독사는 가지도 오지도 못한 채 똥 푸는 모습만 지켜봤다.

왕각이 똥장군에 똥을 하나 가득 퍼 넣은 다음 지게에 걸머졌다. 그 리고 독사에게는 한마디도 던지지 않은 채 어디론가 사라졌다.

독사는 작은 돌아 찾아 걸터앉았다.

똥 냄새가 역하게 풍기지만 코가 마비라도 된 듯 아무 냄새도 느껴 지지 않았다.

'어떻게든 무공을 배워야 해.'

왕각은 독사를 신경 쓰지 않고 제 할 일만 묵묵히 했다.

해가 서서히 기울어 하루를 마감할 즈음 왕각은 하던 일을 마친 듯 똥장군을 치웠다.

그의 이마는 굵은 땀으로 번들거렸다.

왕각이 입을 막은 광목을 풀어 땀을 닦았다.

"점심은 먹었냐?"

아침도 먹지 못했다.

"가자. 밥이나 먹어야지."

"……."

독사는 일어서지 못했다. 하루 종일 오만 가지 생각을 해봤지만 뾌

족한 수가 나오지 않았다. 다짜고짜 현문 무인들을 찾아가 문하로 거둬달라고 사정해 볼까 하는 생각도 했다. 한데 무인으로 보이는 사람들은 눈을 씻고 찾아봐도 보이지 않았다.

무인들은 중문 안에 있는 듯했다.

간혹 담 너머에서 웃고 떠드는 소리가 들려오기도 했다.

여인의 음성도, 사내의 목소리도 들렸지만 한결같이 근심 걱정과는 담을 쌓고 사는 사람들같이 영롱하고 맑았다.

어쨌든 담 너머에 있는 사람들은 선택받은 사람들이다. 그들은 자신이 원하는 것을 무엇이든 얻을 수 있는 사람이다. 부모를 잘 만난 덕에 담 너머에 있을 수 있는 것만도 선택받은 것이 아니고 무엇인가.

담을 넘어 들어갈까 하는 생각도 했다.

지금 심정 같아서는 누구라도 붙잡고 무공을 가르쳐 달라고 사정하고 싶었다.

그러지 않은 것은 그렇게 한다고 해서 받아줄 리가 없기 때문이다.

사정이 통하고 주먹질이 통한다면 파락호치고 무인이 되지 못할 사람이 없다.

"일어나라니까!"

독사는 재촉을 받고서야 일어났다.

밥을 차려주는 아낙이 이상하다는 눈으로 쳐다봤다.

생긴 것이나 입고 있는 차림새는 왕각 같은 자와 어울릴 것 같지 않은데 졸졸 꽁지나 따라다니고 있으니.

왕각이 소리쳤다.

"이보게, 여기 야채 좀 넉넉히 줘! 그놈의 손모가지 하고는. 아, 제

것도 아니면서 인심이 왜 그 모양이야?"

"주는 대로 처먹기나 하지."

아낙은 마주 투덜거리면서도 야채를 더 가져왔다.

왕각은 주방 한 귀퉁이에서 쭈그려 앉은 채 밥과 야채를 먹었다.

독사에게도 의자나 식탁 같은 것은 없다. 그도 쭈그려 앉아 바닥에 놓인 야채를 집어먹어야 했다.

밥을 세 공기나 비운 왕각은 만족스런 표정으로 일어섰다.

독사는 반 그릇도 채 먹지 못하고 남겼다. 밥알이 모래알처럼 깔깔해서 목구멍으로 넘어가지 않았다.

왕각이 말했다.

"벙어리 그놈은 가끔 쓸데없는 짓거리를 한단 말야. 제 할 일이나 똑똑히 할 것이지. 벙어리 일을 거들고 있냐?"

"가끔……."

"왜? 분한 일 있어?"

"……."

"무인이 되겠다는 걸 보니 분한 일이 있는 모양인데 잊어버리는 것이 좋아. 어디, 주먹 좀 보자."

왕각은 똥장군답지 않게 독사의 주먹을 살폈다.

"그놈… 완전히 통뼈네. 한 방 맞으면 펑펑 나가떨어지겠는데? 너도 주먹깨나 썼지? 그러다 무인이란 놈들에게 당했고. 벙어리가 날 말해줄 정도라면 당해도 되게 당한 것 같은데 잊어버리는 게 신상에 좋아."

"입문은 누가 결정합니까?"

"하하하! 입문을 누가 결정하냐고? 나 이런 무식한 놈을 봤나. 입문이야 결정하고 싶은 사람이 하지 누가 해?"

독사의 눈빛이 날카로워졌다.

그는 지금 말장난할 기분이 아니었다.

"시끄러운 소리 그만 하고 밥 다 먹었으면 일어나."

왕각은 일어나 구수한 숭늉을 한 사발 들이킨 다음 휘적휘적 걸어 나갔다.

왕각의 신분은 하인이었으며 하는 일은 장원 안팎을 깨끗이 쓸고 뒷 간이 가득 찼을 때는 똥장군을 져 나르는 일이다.

처소는 하인들 방이 쭉 이어져 있는 외장(外莊)에 있었다.

똑같이 생긴 삼십여 개의 방 중 하나가 왕각의 방이다. 방은 두어 평 에 불과했고 집기는 참상 하나와 물주전자를 올려놓는 탁자 하나가 전 부였다.

"먼 길을 온 것 같으니 오늘은 내가 양보하지. 침상에서 자, 난 바닥 에서 자도 되니까."

독사는 방 안에 들어서자 습관처럼 비단옷을 벗었다.

속옷만 입고 있는 독사의 모습이 측은해 보였던지 옷 한 벌을 내밀 었다.

"맞지는 않겠지만 걸쳐. 그래, 이름이 뭐야?"

"독사입니다."

"벙어리가 아무 소리도 안 해?"

"설서린(薛瑞麟)입니다."

"설서린. 상서 서, 기린 린. 상서로운 기린이라… 이름은 좋네. 네가 지은 거야?"

"네."

"본이름은?"

없다. 어려서는 훈장의 성을 따고 불곰보다 어려서 형이(邢二)라는 이름을 가졌다. 사람들은 그냥 '둘째'라고 불렀다.

조금 나이가 들자 모든 이름이 무의미해졌다. 작심하면 반드시 요절낸다고 해서 '맹독사(猛毒蛇)'로도 불렸다. 물리면 일곱 걸음 안에 죽는 칠보사(七步蛇)처럼 싸움이 붙으면 순식간에 끝내 버린다고 해서 칠보사라고도 불렸다.

다르게 불린 것도 몇 가지 있지만 모두 독사에 관계된 별명뿐이었다. 그래서 좀 더 시간이 흐른 후에는 그냥 독사라고만 불렸다.

"지지리 복도 없는 놈이군."

"……"

"내놔봐."

"……?"

"문첩(門帖) 말야."

"……"

"없어?"

"네."

"이런……! 어디서 오셨어?"

왕각이 비웃는 투로 말했다.

"영은……"

"영은은 잊어버리고."

"섬서(陝西) 감전(監田)에서 왔습니다."

"섬서 사람 말투가 아닌데?"

"......"

"하려면 똑바로 해. 제대로 해도 될까 말까 한데……. 벙어리 그 자식, 귀찮은 일만 떠맡긴단 말야!"

독사의 눈빛이 반짝였다.

"도와주시겠습니까?"

"이런 일은 처음이라 나도 잘 모르겠어, 될지 안 될지. 하는 데까지 해보고… 안 되더라도 내 원망은 마."

"그야 물론이죠."

"무슨 뜻인지 알고나 대답하는 거야? 들키는 날에는 무공을 도둑질하려는 것과 똑같이 취급당해서 손발 근맥(筋脈)이 절단당해. 넌 사지를 못 쓰는 앉은뱅이가 된단 말야. 어때, 그래도 해볼 거야?"

선택의 여지가 없었다.

'요빙, 도와줘.'

"하겠습니다."

독사가 주먹을 말아 쥐며 말했다.

오랜만에 푹 잤다.

초저녁부터 자기 시작해서 날이 밝은 다음에야 눈을 떴으니 일곱 시진쯤은 잔 것 같다.

겨울 찬바람을 맞으며 새우잠을 자다가 딱딱하지만 그래도 침상이라고 누우니 잠이 절로 들었다.

눈을 떠보니 왕각은 없었다.

'늦게 일어났군.'

독사는 길게 기지개를 켜며 몸을 일으켰다. 그러던 그의 몸이 삽시간에 굳어지고 말았다.

행낭이 풀어져 있다.

'요빙!'

독사는 이를 갈며 급히 행낭을 뒤져 보았다.

"휴우!"

자신도 모르게 안도의 숨이 새어 나왔다.

붉은 바탕에 노란 꽃무늬 전낭…… 요빙의 육신이 들어 있는 전낭은 무사하다. 묵직한 그 모습 그대로 제 모습을 유지하고 있다.

그럼 행낭은 왜 풀어헤쳤단 말인가?

'내 스스로 방법을 찾아야겠어. 오래 있을 곳도 못 되고.'

독사는 비단옷을 챙겨 입었다. 행낭도 추슬렀다.

그때 문이 열리며 왕각이 들어섰다. 그의 손에는 푸른 천으로 감싼 물건이 들려 있었다. 그는 들어서자마자 대뜸 전낭 이야기부터 했다.

"무슨 놈의 돈을 그렇게 많이 가지고 다녀?"

"……."

"구린 돈이야?"

"아닙니다."

독사는 분노까지 느꼈다. 요빙을 구린 것과 비교한다는 자체가 불쾌했다.

"독사."

"네."

"영은촌에 가족은 없어?"

"부모님이 계십니다. 어려서부터 길러주신……."

왕각이 인상을 험악하게 일그러뜨렸다.

"어제 한 말을 잊어버렸구나! 때려치워! 그 따위 썩어 빠진 정신으로 뭘 어쩌겠다는 거야? 병신 만들고 싶지 않으니 영은촌으로나 돌아가!"

독사는 왕각이 하는 말뜻을 알아들었다.

왕각은 지난날의 독사를 아예 매장해 버리라고 말하고 있다. 독사는 물론 영은촌에 남긴 것도 없어야 한다.

그럴 수는 없다. 영은촌에는 요빙이 남아 있다. 그녀 생각을 계속한다면 언젠가는 자신도 모르게 '영은촌' 이라는 말을 입 밖에 낼지도 모른다. 그래도 영은촌을 잊을 수는 없다.

'요빙, 도와줘.'

독사는 또 한 번 요빙에게 빌었다.

독사의 얼굴을 지켜보던 왕각이 말했다.

"영은촌 사람들은 다 잊어야 해. 영은촌 자체를 기억 속에서 지워 버려. 이게 마지막 충고야. 이 방만 나서면 내가 더 도와주고 싶어도 도와줄 수 없어. 이제 스스로 해결해 나가야 돼."

"알겠습니다."

왕각이 푸른 천에 싸인 것을 내밀었다.

"글을 아는 것 같으니 설명은 해주지 않겠고 머리 속에 단단히 집어넣어. 독사의 '독' 자도 꺼내지 말고 영은촌은 완전히 머리 속에서 지워 버리고"

"감사합니다."

무엇인지는 모르지만 감사하다는 말부터 했다.

"전낭에서 열닷 문 꺼냈다. 요즘은 공짜로 해주는 놈들이 없어서 말야."

"네에."

독사는 푸른 천으로 감싸인 것을 풀었다. 안에서 곱게 접힌 종이가 모습을 드러냈다.

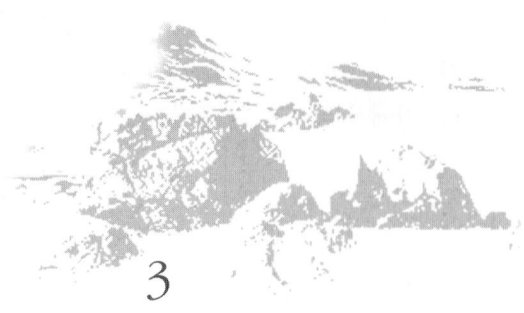

3

무인이 되고자

왕각은 독사를 데리고 중문을 넘어섰다.

중문 안의 풍경은 사뭇 달랐다. 전각도 우람하고 나무들도 굵었다. 바깥에서 볼 때는 고색만 창연했는데 안에 들어서니 기품이 우러났다.

'여기서 무공을 배워야 해. 뼈를 묻는다는 각오로 수련해야 돼.'

왕각이 말했다.

"인상 풀어."

"네?"

"긴장 풀란 말야. 언행 조심하고. 예의 깍듯이 갖추고."

"네."

"어젯밤에 말했지만 입문이 된다 해도 정식 문도는 되지 못해. 그것도 네 자질이 어떠냐에 따라 달라지겠지만. 진수(眞髓)를 배울 생각은 아예 포기하고."

'천만에! 난 배울 겁니다, 무슨 수를 써서라도!'

"현문이 무림에 뿌리를 내린 지는 사십 년이 넘었지만 열두 살 넘은 사람을 문도로 받아들인 적은 딱 두 번밖에 없었어. 두 번 다 자질이 뛰어나서 무공 천재라는 말을 듣는 사람들이었지. 둘 다 개죽음당했지만."

"……."

"휴우! 너도 무공을 배우는 목적이 정상적인 것 같지는 않으니 개죽음당할 팔자인지도 모르겠다. 마(魔)가 끼었나? 열두 살 넘어서 입문한 놈들은 모두 개죽음당한단 말야."

그 말도 묵묵히 듣기만 했다.

그에게는 선택할 기회가 있었다.

요빙은 자신이 죽음으로써 독사까지 함께 저승으로 데려갔다.

그와 새벽 약속을 한 무인은 나무 아래 있지 않았다. 요빙의 유골을 모두 수습할 때까지도 나타나지 않았다.

모두 독사가 죽은 줄 알고 있다.

요빙이 미혼약을 먹였든, 아니면 동반 분신을 했든 사정이야 알 것 없지만 함께 불에 타 죽은 것만은 확실하다. 그렇게 소문이 났다.

설향도 그렇게 알고 있고 소홍도 그렇게 안다. 벙어리도 그렇게 알고 요빙의 불타 버린 초옥을 찾았다.

독사는 대나무 밭에 숨어 오열하는 사람들을 지켜봤다. 그러면서 생각했다.

요빙은 죽으면서 어떤 염원을 했을까? 자신에게 미혼약을 먹이고 장독에 밀어넣으면서 어떤 행동을 해주길 원했을까?

아마도 아무도 모르는 곳에 숨어 행복하게 살기를 바랐을 게다. 조금 더 욕심을 부리면 자신의 아들 백화금을 데리고 가주기를 원하지 않았을까? 파락호가 아닌 정상적인 사내로 키워주기를.

그랬다. 요빙은 틀림없이 그런 염원을 했다.

그러나 독사는 그럴 수 없었다. 요빙의 염원은 잘 알지만 사랑하는 여인을 불타 죽게 만든 세상이 미웠다. 무천문이 밉고 그녀를 분신하게끔 만든 자신이 미웠다.

누가 무엇을 잘못했기에 이런 지경에 처해져야 한단 말인가?

한림을 죽이고 싶어서 죽였는가? 먼저 싸움을 걸어오지 않았는가 말이다.

'무공을 익힐 거야.'

그때 확실하게 마음을 굳혔다.

무천문과 싸울 생각도 없고 한가장을 어떻게 할 생각도 없다. 단지 두 번 다시 이렇게 일방적으로 핍박당하지는 않겠다는 생각뿐이다.

요빙에게 그런 모습을 보여줘야 한다. 숨어서 요빙의 유골 담긴 항아리를 들고 가는 것이 아니라 당당하게 장사 지내주련다. 평생이 걸리더라도…… 늙어서 꼬부랑 할아버지가 되었을 때라도.

아마도 그때쯤 되면 모두가 잊을 게다.

무천문도 독사라는 인간을 잊을 게고 한가장도 한림의 죽음을 잊어버릴 게다.

그러나 그전에 무천 무인들과 부딪치게 되면…… 싸움을 피할 수 없다. 그들은 자신이 죽었다고 생각하기에 검을 거둔 것이지 살아 있다는 것만 알게 되면 당장이라도 검을 뽑아 들고 달려들 자들이다.

'개죽음당해도 좋아. 이미 칼은 뽑혔어.'

독사는 왕각의 말을 묵묵히 듣기만 했다.

"난 여기까지네. 들어가서 잘해봐."

큼지막한 전각(殿閣) 앞에 이르렀을 때 왕각이 어깨를 툭 치며 물러 갔다.

전각에는 무심전(無心殿)이라는 편액이 걸려 있었다.

"우리 현문에 입문하겠다고?"

독사가 만난 소천검객(燒天劍客)은 무인답지 않았다. 시골 농사꾼이라고 하면 딱 어울릴 정도로 소탈했다. 왕각 말대로라면 현문에서 다섯 손가락 안에 드는 고수일 텐데 어디서도 싸움꾼 같은 냄새는 풍기지 않았다.

독사의 예리한 눈썰미는 삽시간에 상대를 읽었다.

여간해서는 화를 내지 않을 사람이다. 사소한 일은 대범하게 넘어가지만 불의를 보면 불같이 화를 낼 사람이다. 손을 쓰지 않을 때는 옆집 아저씨처럼 포근하지만 손을 쓰기 시작하면 맹장(猛將)으로 변신할 사람이다.

"네, 입문을 청합니다."

독사는 공손히 포권지례(包拳之禮)를 취했다.

"쯧! 여기서 백 리만 가면 중강 도림이 있는데 왜 현문을 택했는고? 요즘은 옛날 같지 않아서 현문도 많이 쇠락했어. 현판을 유지하기도 힘들어."

"솔직히 현문의 절학이 어떤 것인지 전혀 들은 바가 없습니다. 하지만 불가나 도가에 입문하지 않고 가장 마음 편하게 무공만 수련할 수 있는 곳이 현문이 아닐까 해서 찾아왔습니다."

소천검객의 눈빛에 기광이 떠올랐다 사라졌다.

"무공은 배워서 어따 쓰려고?"

"수신(修身)하려고 합니다."

"수신이라…… 거 좋은 말이지. 내가 좋은 조언 하나 해줄까?"

"세이경청(洗耳敬聽)하겠습니다."

"에이, 그렇게 딱딱하게 굴지 말고 편하게 대해. 난 그게 더 좋아. 방금 수신하겠다고 했는가?"

"네."

"그럼 군이 무공 배울 것 없네. 강에 가서 낚싯대 드리우고 일 년만 있어봐. 마음이 명경(明鏡)처럼 반질반질하게 닦여질 거야. 그게 싫으면 산에 올라도 좋고. 태산(泰山) 같은 산 다섯 개만 올라봐. 기개(氣槪)가 절로 펴질 걸세."

"입문을 부탁드립니다."

"허! 고집도 여간 아니구먼. 어디 문첩이나 보세."

독사는 왕각이 아침에 건네준 푸른 천에 싸인 종이를 두 손으로 공손히 내밀었다.

소천검객이 받아 읽었다.

"흠, 파주(播州) 정안(正安)이라… 멀리서도 왔구만. 오는 데 힘들지 않던가?"

"별로 어려움을 몰랐습니다."

파주 정안은 고사하고 겨우 천 리 길을 오는 데만도 무진 고생을 했다. 강은 얼었고 길에는 눈이 쌓여 있다. 침상에는 누워본 기억이 없다.

"흠! 그래, 어디 보세. 파주 정안 설(薛)씨 십사 대 손, 파주 정안 설씨라면 명문이구먼. 집안에 장군이 많이 나온 가문으로 알고 있는데,

"호호호!"

느닷없이 시녀가 간드러지게 웃었다.

"제게 말 올리는 분은 처음 봤어요. 집에서도 그러세요? 모두 공자님을 좋아하겠네요?"

"……."

독사는 대답할 말이 없었다.

사실 그는 시녀를 어떻게 대하는지 알지 못했다. 그가 아는 여자들은 사납기만 했다.

"죄송해요. 피곤하실 텐데 쉬세요."

"……."

"그런데 참, 뭐 한 가지 물어봐도 되오?"

"뭘……?"

"똥장군 아저씨하고는 어떻게 되세요?"

"총관이 소개해 준 사람이오."

"그래요? 내가 졌네."

"……?"

"내기를 했거든요. 어제 저녁에 주방에서 똥장군과 함께 쭈그리고 앉아서 밥을 드셨다면서요? 그래서 친척인 줄 알았죠."

의외로 소문이 빨랐다. 하기는 잘 차려입은 귀공자가 하녀들이 일하는 주방에서 하인 중에서도 가장 미천한 일을 하는 자와 나란히 앉아 밥을 먹었으니 소문이 안 난다면 그게 더 이상하다.

"이젠 정말 갈게요. 필요하면 저 줄을 잡아당겨요."

취한이 길게 늘어진 녹색 줄을 가리켰다.

독사는 창문가에 서서 바깥을 쳐다보았다.

바깥은 아름다웠다. 나뭇가지에 소복이 쌓인 눈이 아름답게 보이기는 처음이다. 연못을 꽁꽁 얼린 얼음에 눈길을 줘보기도 처음이다.

방 안에서 쳐다본 바깥 풍경은 모두 아름다웠다.

시경(詩經)을 읽은 적이 있다.

참으로 감탄이 절로 나올 만큼 주옥 같은 문장들이었다. 시경을 읽으며 사람이 어떻게 이토록 아름다운 시를 읊을 수 있을까 하고 생각했었다.

이제는 알 수 있을 것 같기도 하다.

그런 문장을 짓지는 못한다 해도 시를 읊을 때 어떤 마음으로 읊었는지는 이해할 수 있을 것 같다.

"치의지의혜(緇衣之宜兮:검은 그 옷 잘도 어울리네), 기여우개위혜(敝予又改爲兮:해지면 다시 지어드리지요). 적자지관혜(適子之館兮:관청에 일하러 가신 당신이), 환여수자지찬혜(還予授子之粲兮:돌아오시면 내 진지 차려드리지요)."

시경에서 읽은 시 한 구절이 새어 나왔다.

요빙은 이렇게 시를 읊어주면 무척 좋아했다. 그때는 왜 그렇게 좋아했는지 몰랐지만…… 그냥 시를 좋아한다고만 생각했지만.

그것도 이제는 알 것 같다.

요빙은 이런 집을 원했다. 자신이 머물고 있는 방처럼 호화스러울 필요는 없다. 단지 추운 겨울에도 한기만 피할 수 있는 방, 바깥 풍경을 감상할 마음의 여유가 있는 방을 원했다.

그곳에서 자신은 뜨개질을 하고 백화금은 글을 읽는다. 아니면 독사가 시를 읊어준다.

요빙은 그런 상상을 하며 좋아했던 게다.

독사는 목에 걸린 요빙의 뼈를 만지작거렸다.

'요빙, 이제 시작이야. 난 이 방에서 한 달 동안 감시당할 거야. 성품이며 자질이며 뭐 그런 걸 보겠지. 잘해낼게. 난 잘해낼 자신 있어. 너무 염려하지 마.'

"넌 정말 여자 속을 지지리도 썩이는 놈이야. 저런 놈이 뭐가 좋다고……. 그래, 알았어. 원하지는 않았지만… 이왕 시작한 일이니 잘해봐. 믿어. 원래 뭐든지 한 번 잡으면 뿌리를 뽑는 성격이잖아. 말려도 듣지 않을 테고. 몸조심하고."

요빙의 목소리가 허공에서 들려왔다.

독사는 두 손을 창가에 대고 고개를 떨궜다.

너무 보고 싶다, 요빙이.

第七章

예정된 입문(入門)

1

예정된 입문(入門)

독사는 나흘째 방 안에서 꿈쩍도 하지 않았다. 하다못해 답답하면 정원이라도 산책하련만 그것조차 하지 않았다.

그가 밖에 나올 때는 세면할 때와 측간에 갈 때뿐이다.

소천검객도 그를 부르지 않았다.

찾아오는 사람도 없었고 암암리에 감시하는 것 같지도 않았다.

"책 있으면 갖다 주겠소?"

나흘째 되는 날 처음으로 취한에게 부탁이란 걸 했다.

"어떤 책을요?"

"아무 책이나 괜찮소. 심심해서……."

취한은 정말 아무 책이나 가져왔다.

위고문상서(僞古文尙書), 주희(朱熹), 왕양명(王陽明), 묵자(墨子), 주례(周禮)…….

순서도, 질서도 없었다. 그리고 대부분 독사가 읽어본 책들이었다.

"더 갖다 드려요?"

"아니, 됐소."

독사는 책을 읽기 시작했다. 영은촌에서처럼 완전히 몰입했다.

그가 책을 읽는 방식은 독특했다. 겉으로 보이지는 않지만 그만의 독특한 방식이 있었다.

전에는 글귀가 뜻하는 바를 깨닫기 위해 부심했다. 그러다 글을 어느 정도 깨우치고 난 다음에는 책을 쓴 사람의 입장에서 글을 읽었다. 그 사람이 무슨 생각에서 이런 글을 썼고 이런 글을 쓸 때 어떤 입장에 있었고 장소는 어디에서 썼으며 옆에는 누가 있었고……

모든 것이 머리 속에서 일어난 상상이다.

상상력으로 가공의 인물과 환경을 만들어냈다.

그러다 보면 글귀가 다른 의미로 다가왔다.

마치 자신이 그런 글귀라도 쓴 것처럼 머리 속에 쏙쏙 박힐 뿐만 아니라 자신이 직접 글을 쓴다는 감흥까지 일었다.

집중하고 싶어서 집중했던 것이 아니다.

책을 쓴다는 즐거움이 일어서지 못하게 만든 것이다. 한 구절을 읽고, 다음에 쓸 구절을 생각하고, 책에 적힌 것과 비교해 보고……

같은 책이라도 머리 속에 그려진 인물과 환경이 다르니 매번 다른 감흥이 느껴지는 것은 당연하다.

독사는 자신의 방식대로 글 속에 파묻혔다.

"식사하세요."

취한과 시녀들이 밥과 찬을 들고 왔다.

독사는 듣지 못했다. 책 속에 파묻혀 헤어 나오지를 못했다.

결국 손도 대지 않은 밥과 찬은 차디차게 식은 채 고스란히 물려졌다.

취한이 들어와 유등에 불을 밝혔다.

이번에도 느끼지 못했다. 조금 어두컴컴해서 글을 읽기가 불편했는데 갑자기 환해져 편해졌다는 느낌만 들었을 뿐이다.

하루, 이틀…… 시간이 또 그렇게 흘러갔다.

독사는 방 안에만 틀어박혀 있었지만 자신도 모르는 사이에 유명한 사람이 되어 있었다.

"거짓말 좀 그만 해라, 얘. 사람이 어떻게 그럴 수 있니? 너, 거짓말하는 거지?"

"정말이라니까!"

"한번 가서 볼까?"

"그래, 보자."

호기심을 이기지 못한 많은 사람들이 독사가 머문 방의 창가에 달라붙었다. 하지만 그들은 스스로들 권태로움을 이기지 못해 물러가고 말았다.

그들은 독사처럼 가만히 앉아 있지 못했다. 석상처럼 굳어버린 사람을 지켜본다는 것은 재미없었다.

아침에도 와보고 점심에도 와보고 저녁에도 와봤다.

그렇게 생각날 때마다 들러 책 읽는 모습을 보았지만 독사는 요지부동이었다.

"저 사람, 입문할 것 같지 않아?"

"그러게. 뭔가 한가락 하는 게 있으니까 저 나이에 입문하겠다고 왔겠지?"

"나 같으면 중강 도림으로 갔을 텐데."

"자네 지금 무슨 소릴 하는 거야!"

"말이 그렇다는 거지 뭐. 사실 현문보다는 중강 도림이 좋기는 하잖
아."

독사의 지독한 끈기는 말하기 좋아하는 사람들에게는 좋은 이야깃
거리였다.

또 한 가지, 독사를 더욱 유명하게 만든 일이 있다.

행낭이란 말 그대로 길 떠날 때 필요한 것이다.

독사는 방 안에서도 행낭을 옆에서 놓지 않았다. 식사가 들어온 줄
도 모르고 불이 켜진 줄도 모르는 사람이 행낭만 만졌다 하면 독기 어
린 시선으로 노려봤다. 그것뿐이 아니다. 여러 사람이 행낭을 만진 후
부터는 측간을 갈 때에도 행낭을 챙겨 갔다. 아침에 세면을 할 때에도
그의 등 뒤에는 행낭이 메어져 있었다.

이것 역시 좋은 입방아거리였다.

"행낭 안에 뭐가 들었을까?"

"보옥(寶玉)이 들었지 않았을까? 그렇지 않고서야 도끼눈을 뜨고 지
킬 리가 없지."

"에이, 말 같지 않은 소리. 저 사람, 파주 정안 설씨 가문에서 온 사
람이래. 그런 사람이 보옥 따위에 신경 쓸 리 있어? 우리 같은 사람이
나 목매달지."

"이 사람아, 난 세상에 돈 싫다는 인간 못 봤다. 황제님께 돈 갖다
줘봐라, 싫다 하나."

"하기는……."

행낭 속에 무엇이 들었을까 하는 궁금증은 단순한 호기심을 벗어나 내기로까지 번진 상태였다. 그리고 내기 액수는 점점 높아져만 갔다.

단 한 사람, 왕각만이 인상을 찡그렸다.

독사는 잘하고 있다. 뛰어난 끈기를 드러낸 것은 입문을 허락받는 데 좋은 조건으로 작용한다. 하지만 돈에 연연하는 것은 오히려 악재로 작용한다. 끈기를 드러낸 것보다 더한 아주 치명적인 악재다.

현문 무인들은 돈에 연연하지 않는다.

그들이 중시하는 것은 협(俠)과 명예다.

같은 정도인이라도 돈에 연연하는 무인을 보면 말은 하지 않지만 속으로는 경멸한다.

현문이 무천문과 교류하지 않는 가장 큰 원인이기도 하다.

그런데 돈에 연연하고 있으니…….

'자식! 파락호 근성을 버리라고 그렇게 누누이 일렀건만 그까짓 돈 얼마나 된다고 다된 밥에 코를 빠뜨려! 쯧!'

독사가 방 안에 틀어박힌 지 이십여 일이 지났을 무렵 현문에 말 한 필이 도착했다.

왕각은 자신의 일이 아니라며 무심히 지나치려 했지만 자연히 솟구치는 긴장을 어쩌지 못했다.

독사의 사지 근맥이 절단되느냐 아니냐는 말을 타고 온 사람의 입에 달려 있다. 뿐만 아니라 그를 소천검객에게 소개한 자신도 무사하지 못할 수 있다.

'벙어리 자식! 괜한 일을 만들어가지고. 처음부터 내키지 않았어.

파락호가 입문이라니. 에잇! 좋지 않은 느낌이 들었을 때 그만두는 건데.'

왕각은 하정(夏禎)을 믿을 수밖에 없었다.

하정의 일 솜씨는 꼼꼼하다. 여인 특유의 본능으로 위험이 감지되는 일은 하지 않는다. 사천성 곳곳에 흩어져 있는 십달통(十達通) 가운데서 가장 세심할 게다.

그녀가 말했었다.

"신분을 위장해서 현문에 입문하겠다고? 미쳤어?"

"벙어리가 보낸 놈이야. 나도 찜찜하긴 한데… 벙어리 체면을 생각하면 도와주지 않을 수도 없고……."

"정말 더러운 일을 물어왔네. 물론 이 일을 해줘도 대가는 한 푼도 없겠지?"

"돈이 꽤 있기는 한데 찜찜해서 건드리지 못하겠더라고. 그래서 열닷 문만 빼왔어."

"장난해?"

"술 좋아하잖아. 술이나 한 잔 받아먹고 치워. 하기 싫으면 말고. 나도 안된다는 말은 해뒀거든."

"제길! 벙어리가 보냈으니 여간한 사이가 아닌 것 같은데 말수는 없지. 신분을 위장한다……. 방속(方謨)이 정안에 살지 않나?"

"방속? 정안에 있지. 도자기 굽는다는 소릴 들었는데……."

"그럼 됐다. 파주 정안에 명문가가 있거든. 지금은 완전히 몰락해 버렸지만. 방속보고 사기 좀 치라고 해야겠어. 이 일은 방속에게 달렸어. 방속이 벙어리 안면을 생각해서 일해주면 성공하는 거고, 아니면 넌 빨리 몸을 피하는 게 좋을 거야."

하정과의 대화를 되새김해 보던 왕각은 갈등이 치밀었다.

이대로 몸을 빼 도주하고 싶은 생각이 굴뚝같았다. 하지만 그렇게 되면 독사는 여지없이 사지 근맥이 잘린다.

'내가 일을 당하면 하정, 너부터 가만두지 않겠어. 에잇! 빌어먹을.'

결국 왕각은 사태를 지켜보기로 했다.

현문은 조용했다.

어제도, 오늘도 아무런 일이 일어나지 않았다. 독사는 여전히 책 속에 파묻혀 지냈고 하인들은 맡은 일을 하기에 분주했다.

독사가 소천검객의 방문을 받은 것은 말을 탄 사람이 오간 다음날 아침이었다.

"소문을 들었지. 아주 열심이라고."

"아, 예, 부끄럽습니다."

"책만 읽으면 세상 사는 낙이 없지. 사람은 역시 움직여야 해. 어떤가? 오늘 나와 함께 산에 좀 다녀오지 않으려나?"

독사는 가슴이 은근히 진탕됐다.

'드디어 시험이야.'

"알겠습니다. 언제 가시겠습니까?"

"지금."

"네."

독사는 소천검객이 일어서기를 기다렸다.

소천검객이 독사를 물끄러미 쳐다보더니 말했다.

"산에 가는데 행낭을 메고 갈 생각인가?"

"불편하지 않습니다."

"하하! 괴벽(怪癖)이 있다는 소문은 들었지만 정말이군 그래. 도대체 그 행낭 속에 뭐가 들었나? 요즘 그 소문 모르는 사람이 없다네. 내기도 이만저만이 아니고."

"목숨입니다."

독사는 담담하게 말했다.

소천검객은 독사를 동쪽으로 오 리가량 떨어진 곳에 위치한 구불산(九佛山)으로 데려갔다.

높이는 백여 장 정도밖에 되지 않는 작은 산이다.

인근 사람들은 구불산 하면 모두 알지만 조금 멀리 떨어진 곳에 사는 사람들은 그런 산도 있냐고 반문하는, 중원 어디서나 볼 수 있는 흔한 산 중의 하나다.

"이게 바로 구불산일세. 봉우리가 아홉 개고 각 산정마다 부처님을 닮은 바위가 하나씩 있다네. 내 눈에는 아무리 봐도 부처님 그림자도 찾아내기 힘들더만. 이곳 사람들은 구불산 부처님을 모두 뵈면 소원한 가지가 이뤄진다는 미신을 갖고 있지. 오래전부터 한 번 해보고 싶었는데 오늘 해보세."

독사는 마음을 단단히 먹었다.

소천검객이 자신을 산에 데려온 이유는 깊게 생각하지 않아도 알 수 있다.

육신의 강단을 시험해 보려는 게다.

어떤 방법으로 시험해 볼지도 대충 짐작하겠다. 소천검객은 신법을 펼쳐 부지런히 달려나갈 테고 자신은 죽자 사자 뒤쫓아야 한다. 물론 그를 쫓아갈 수는 없겠지만 그런 가운데 소천검객이 판단을 내리리라.

"네, 준비 다 됐습니다."

소천검객은 유유자적했다.

한가한 한량이 유람이라도 온 듯 천천히 발걸음을 떼어놓았다. 독사가 생각한 신법인가 뭔가도 펼치지 않았다. 숨도 턱에 닿지 않아 편하게 말을 주고받을 수 있었다.

그러나 소천검객은 말도 붙이지 않았다. 그저 이곳저곳 구경하면서 무릎까지 푹푹 파이는 눈길을 헤쳐 나갔다.

정상까지 올라서는 데도 오랜 시간이 필요치 않았다.

워낙 구릉이 완만해서 별로 힘들다는 생각도 하지 못했다. 독사가 하루에 한 번씩 올라갔던 구음곡 정상에 비하면 피라미 같은 산이었다.

"하하! 이게 부처님 바위구먼."

소천검객이 이상하게 생긴 바위를 만지며 말했다.

독사의 눈에도 부처님 바위로는 보이지 않았다. 억지로 따다 붙여야 간신히 부처님 바위가 될 큰 바위에 불과했다.

"자, 하나는 봤고, 다른 걸 봐야지. 이쪽으로 가세. 능선을 쭉 따라가면 별로 힘들지 않을 거야."

'이게 도대체……'

독사는 소천검객의 생각을 읽을 수 없었다.

점심 무렵에 구불산에 오르기 시작했는데 부처님 바위 아홉 개를 보고 나서도 해가 지지 않았다.

"여기 앉을까? 산에 올라왔으니 석양은 보고 가야지. 소원은 빌었나?"

"네?"

"하하! 아까 말했잖은가. 구불산 아홉 부처를 보면 소원 하나가 이뤄진다고. 빌지 않은 모양이군."

"……."

그걸로 또 대화가 중단되었다.

소천검객은 묵묵히 지는 해만 쳐다봤다. 해가 많이 기울어 서산 어깨에 걸려 있지만 석양 노을을 보려면 아직도 많은 시간이 남아 있다.

"무공을 배워 출도하면 제일 먼저 하고 싶은 게 뭔가?"

산에 오른 후 처음으로 소천검객의 입에서 무공에 대한 이야기가 나왔다.

"생각해 보지 않았습니다."

소천검객이 의아한 눈으로 쳐다봤다.

"절정고수라는 말을 듣기 전에는 나갈 생각이 없습니다. 십 년이 걸리든 이십 년이 걸리든."

하마터면 실언할 뻔했다. 마지막 말 뒤에 '고향에 돌아가 만날 사람이 있습니다' 라는 말이 새어 나올 뻔한 것이다.

"그렇게 무공을 익힌 다음에는 뭘 할 셈인데?"

"그것도 생각해 보지 않았습니다. 그냥 단지 무공을 익힐 생각만 간절합니다."

한참 동안 지는 해를 응시하던 소천검객이 말했다.

"자네는 내게 난해한 문제를 던졌군 그래. 입문하고자 찾아온 아이들이 가장 흔하게 대답하는 말이 뭔지 아나?"

"글쎄요……."

솔직히 짐작되지 않았다. 열두 살 전이라면 꼬마 아이일 텐데 무공을 배워 하고 싶은 일이 무엇일까?

"협(俠)이라네. 하하! 협이 뭔지도 모르면서 협명(俠名)을 떨치고 싶다고 말한다네. 캐묻지는 않지. 캐물어봤자 힘 약한 사람을 도와주겠다는 뻔한 대답이 나오니까."

"……."

"그런데 말야, 그게 정답이라네. 그런 대답은 세상을 올바로 보고 자란 아이들만 할 수 있지. 세상이 간단치 않다는 것은 차후 문제일세. 그건 우리 문제이기도 하지. 깨끗한 백지에 무엇을 그려주느냐 하는 비교적 간단한 문제 말야."

'아!'

독사는 대답을 잘못했다. 무슨 말인지 알겠다. 소천검객이 하는 말을 알아들었다.

딱히 할 일이 없는데 절대 강자가 되고 싶다? 왜 그럴까? 늙어 죽어도 절정고수가 되기 전에는 나갈 생각이 없다고 했으니 원수는 없다. 하지만 할 일도 없다. 그럼 무공은 왜 배우고 싶어할까? 무슨 사연이 있다. 사연이 있다는 말은 문첩에 적힌 대로 글만 읽으며 조석으로 육체 단련을 한 건강한 삶과는 거리가 있다는 말이다.

소천검객은 무슨 사연인지 캐묻지 않았다.

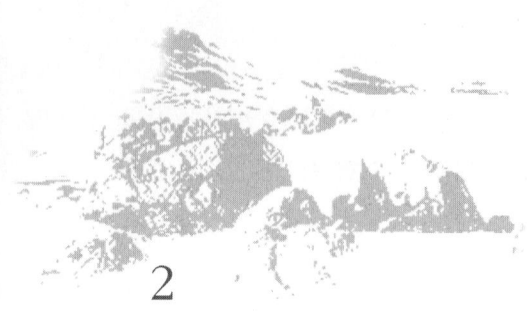

2
예정된 입문(入門)

창무전(暢武殿)에 불이 밝혀졌다.

시간은 유시(酉時:5시~7시)를 지나 술시(戌時:7시~9시)로 접어들었다.

한 명, 두 명…… 묵직한 걸음들이 창무전으로 향했다. 그 발걸음 속에는 소천검객의 발걸음도 포함되었다.

창무전에는 큼지막한 체구에 얼굴도 큰 편인 오십 중반의 사내가 둥근 원탁에 앉아 종이를 들여다보고 있었다.

사람들은 그를 젊었을 적에는 빙천검객(氷天劍客)이라 불렀고 현재는 현문주라고 부른다.

눈도, 코도, 입도 모두 큼직큼직해 중후한 인상을 풍겼다. 시원하다기보다는 사려 깊은 쪽으로 보였다. 실제로 웬만한 일은 몸소 움직이지 않는 과묵한 성품이었다.

무인들이 원탁에 모여 앉았다.

현문주를 포함하여 모두 다섯 명이다.

현문주는 모두가 앉은 다음에도 한동안 종이만 들여다봤다. 얼굴에는 고뇌의 흔적이 역력했다.

이윽고 현문주가 깊게 찌푸려진 인상을 펴며 말했다.

"문(文)을 어떻게 봤나?"

"빈약합니다."

쾌천검객(快天劍客)이 가는 음성으로 대답했다.

음성만큼이나 체구도 말랐다. 하지만 키는 커서 보통 사람보다 머리 하나 정도는 더 컸다.

"그래도 무섭게 파고들더군."

"솔직히 저도 그만한 집중력을 가진 자는 처음 봤습니다. 하지만 읽은 책들이 너무 적습니다."

"빈약하다고 했는데 누가 파악했는가?"

"제가 직접 다녀왔습니다."

"음, 그럼 확실하겠지. 옥에 티군, 티야."

현문주가 고개를 절레절레 흔들었다.

쾌천검객이 곧 말을 받았다.

"크게 문제될 것은 없는 듯합니다. 집중력이 탁월하니 서책만 공급해 주면 일이 년 사이에 큰 성취를 얻을 겁니다."

"그렇겠지."

현문주가 고개를 끄덕였다. 그리고 이번에는 우측에 앉아 있는 중년인을 보며 말했다.

"무(武)는 어떤가?"

"바랄 게 없습니다."

오른쪽에 앉아 있는 중년인이 대답했다.

파천검객(破天劍客)으로 현문주와 손속을 겨뤄도 조금도 밀리지 않는다는 현문 최고 고수다.

그는 허리를 약간 굽힌 자세로 원탁에 두 손을 모아 올렸다.

"자네가 그 정도까지 판단했다니 대단하다고 봐야겠군."

"대단한 정도가 아니라 타고난 놈입니다. 무공도 익히지 않은 놈이 형살검을 죽였습니다. 그러면 말 다한 거죠."

"음……!"

현문주는 또 숙고에 들어갔다.

오랜 시간이 흘렀다.

원탁에 모여 앉은 사람들은 차를 따라 마시기도 하고 팔짱을 낀 채 생각에 잠겨 있기도 했다.

현문주가 장고를 깨고 말했다.

"파천, 다시 한 번 묻겠는데 정말 바랄 게 없다고 생각하나?"

"반사 신경이 무척 빠릅니다. 웬만한 무인을 능가합니다. 인내심도 나무랄 데 없고 집중력은 직접 보셨으니 말씀드릴 필요도 없고. 어려서부터 싸움질을 한 탓인지 체질도 아주 적합합니다. 그놈의 투지(鬪志)는… 현문에는 그만한 투지를 지닌 놈이 없죠. 독사라는 별명을 얻은 것도 사실 싸움을 잘한다기보다는 물불 안 가리고 덤벼드는 투지 때문이라고 해야 할 겁니다."

이번에는 상세히 답변했다.

현문주가 고개를 끄덕이며 소천검객을 쳐다봤다.

"심(心)은 어떤가?"

"글쎄요… 어디로 튈지 모른다고 해야겠죠?"

"자네 판단 말야. 자네 판단으로는 어때?"

"뭐라고 말씀드리기가 곤란합니다. 요빙이 문제인데… 너무 잔혹하게 죽었어요. 그렇게 죽을 줄이야……. 마음에서 쉽게 털어내지 못할 만큼 깊게 틀어박혀 있다고 봐야겠죠."

"장애가 되겠나?"

"어디로 튈지 모르니 가장 큰 장애라고 봐야겠죠."

모두들 깊은 생각에 잠겨들었다.

계륵(鷄肋)이라는 말이 있는데 독사가 딱 계륵이었다. 문첩에 적힌 대로 파주 정안 설씨 가문의 후손이라면 오죽 좋겠는가. 거기까지는 바라지 않더라도 그저 평범한 집에서 태어나 농사나 짓던 농사꾼만 되더라도 바랄 것이 없겠는데.

현문주가 생각에 잠긴 사람들을 일깨웠다.

"어떻게든 결정을 내려야지 않겠나? 독사도 제 갈 길을 가야 하고. 그동안 생각은 충분히들 했을 테지만 혹시 시간이 더 필요하다면 말해 보게."

"……."

모두들 침묵했다.

"그래, 그럼 결정을 내리지. 가져온 것을 주게."

현문을 이끄는 네 사람이 품에서 서신 한 통씩을 꺼내 현문주에게 내밀었다.

현문주가 한 통 한 통 개봉했다.

"입(入). 파천, 자네는 입문 쪽이군."

개봉한 서신에는 '입(入)' 한 자가 큼지막하게 적혀 있었다.

"그만한 재질은 없다고 판단했습니다. 억눌린 분노야 무공을 익히며 다스리면 되겠죠."

"그래, 다음은 소천…… 자네는 부(不)군."

"저런 성격일수록 마성(魔性)에 빠지면 걷잡지 못한다고 봤습니다. 오늘 구불산을 오르며 숙고했는데 역시 결론은 같았죠. 현문을 위태롭게 할지도 모르는데 받아들일 수는 없다는 게 제 생각입니다."

"음! 쾌천은…… 응? 자네도 부(不)군."

"소천과 같은 생각입니다. 튀어도 굴레 안에서 튀어야 하는데 굴레 밖으로 튈 소지가 다분합니다."

"그래, 그게 고민이지. 어디 뇌천(腦天)은…… 입(入)인가?"

현문주가 뚱뚱한 사내를 쳐다봤다.

사내는 너무 뚱뚱해서 몸집이 다른 사람의 두 배는 되어 보였다. 목도 없었다. 머리와 몸이 붙어 있는 듯했고 턱 살은 너무 살이 쪄서 삼겹으로 보였다. 체구라도 크다면 장사처럼 보일 텐데 키는 보통 사람에 살만 데룩데룩 찐 모습이었다.

뇌천검객이 소리없이 웃었다.

가는 눈이 살 속에 파묻혀 보이지 않았다.

"모두 근심할 것을 해야죠. 구더기 무서워 장 못 담급니까? 마음에 깊은 한이 배어 있으니 오히려 무공 중진에는 도움이 될 것이고 창기의 죽음을 가슴에 새겨둘 정도이니 파락호라기보다는 싸움꾼으로 봐야 할 겁니다. 세상 물정은 알아도 때는 묻지 않았다는 거죠. 무공을 수련한 다음에 제멋대로 행동할 것을 우려하시는 것 같은데, 때 묻지 않은 놈이니 잘만 건드리면 조율할 수 있을 겁니다. 이것저것 다 가린 다음 어느 세월에 청광검(淸光劍)을 보겠습니까?"

"음······!"

현문주의 이마에 깊은 골이 패였다.

이렇게 되면 이(二) 대(對) 이(二). 결정권은 문주 손에 맡겨졌다.

한참 동안 종이만 만지작거리던 현문주가 드디어 결심을 토해냈다.

"입문시키도록 하지."

"······."

십이 세가 넘어 입문하는 문도가 현문 역사상 세 번째로 탄생하는 순간이었다.

모두들 침묵을 지켰다. 현문주의 말이 아직 끝나지 않은 탓이다.

"단, 언제든지 척살할 수 있게끔 은도(隱徒)로 하세."

"음······!"

누군가 침음을 토해냈다.

"누가 맡겠나? 은도로 결정했으니 죽이는 것까지 깨끗이 처리해야 하네."

"······."

아무도 나서지 않았다.

무공을 가르치고 또 잘못될 경우에는 자신의 손으로 죽여야 한다는 것은 썩 내키는 일이 아니었다.

"파천, 자네가 해주지 않겠나?"

현문주가 파천검객을 봤다.

"명이시라면 따르겠지만······."

"사양하겠다는 말이군. 허! 이게 대체··· 파락호 한 명 때문에 오천 검객(五天劍客)이 머리를 싸매고 있다니."

그때 소천검객이 나섰다.

"제가 처음 접견했으니 제가 하죠."

그러나 이번에는 현문주가 제지했다.

"자네는 정이 많아서 안 돼. 죽일 때는 매정하게 죽일 수 있어야 하네. 모두들 감탄한 천재가 아닌가 말일세. 그런 자이니 무공 성취도 빠를 터인데 손속에 자비를 담으면 안 될 걸세."

"제가 하겠습니다."

뇌천검객이 볼을 씰룩거렸다. 단지 입을 열어 말한 것뿐인데 볼 근육까지 같이 따라 움직였다.

"뇌천이라면 괜찮지."

현문주가 고개를 끄덕였다.

뇌천검객은 희한하면서도 무서운 특징을 지닌 사람이다.

아무도 그가 무공을 전개하는 모습을 본 사람이 없다. 원탁에 둘러앉은 사형제도 그러한데 무림군웅들이 봤을 리가 없다. 그러면서도 죽인다. 그가 죽이기로 작정한 사람은 하루를 넘기지 못하고 반드시 죽는다.

소리없는 검.

그래서 한때 무음검객(無音劍客)으로 불리기도 했다.

결정은 내려졌다. 독사의 입문은 받아들이되 현문과는 일정한 거리를 둔 은도로 할 것이며 사부 역할을 맡은 자는 언제든지 사마(邪魔)에 물든 징후만 보이면 죽이기로.

현문주가 홀가분한 표정으로 말했다.

"쾌천은 계속 문도를 물색해 보고……."

"늘 신경 쓰고 있습니다."

"좀 더 자세히 봐야겠어. 불곰을 주목하지 않았다면 독사를 모를 뻔했지 않은가?"

"알겠습니다."

쾌천검객이 문주의 질책을 순순히 받아들였다.

"뇌천, 독사를 자네가 맡았으니 잘 살펴봐. 선대의 실수를 되풀이하지 않도록 말일세. 그럴 것 같으면 차라리 무공 몇 수 가르쳐 주고 버리는 게 나을 걸세."

"그와 같은 실수는 하지 않을 겁니다. 전 독사가 청광검을 얻을 수 있다고 생각하니까요."

뇌천검객이 흐물흐물 웃었다. 그가 소천검객을 보며 말했다.

"사형, 독사를 맡았으니 하루라도 빨리 시작하려고 합니다. 글피까지는 쫓아내 주세요. 한두 명쯤 원한 사는 것이야 괜찮겠지만 현문에 이를 갈아서는 안 될 겁니다."

소천검객이 대답했다.

"그러도록 함세."

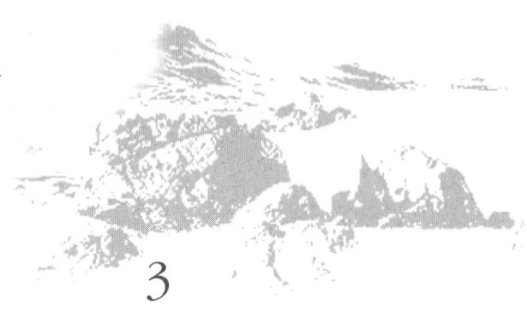

3
예정된 입문 (入門)

소천검객과 구불산을 다녀온 다음날 독사는 무심전으로 불려갔다.

소천검객은 전과 마찬가지로 드러눕다시피 의자에 앉아 손가락으로 탁자를 두들기고 있었다.

탁탁! 탁탁! 타타탁!

일정한 음률이 배어 있는 장단 가락이다.

"어제 힘들지 않았어?"

"힘들지 않았습니다."

'구음곡 정상을 보시면 그런 말씀은 못하실 겁니다.'

독사는 소천검객의 말이 반갑게 들렸다. 그도 말 한 필이 온 것은 알고 있고 대충 파주 장안에 다녀왔다는 사실을 짐작했다. 그런데 여느 때와 다름없이 말을 해준다면 왕각이 어떻게 했는지는 몰라도 감쪽같이 속여넘긴 것 같다.

남을 속인 것은 이번이 처음이라 마음이 편치 않았지만 무공을 익히려면 어쩔 수 없다고 스스로 자위했다.

"방 안에만 있으면 답답하지. 그래서 말인데… 연무장(練武場)을 돌아보고 싶으면 돌아보게."

'승낙이야!'

좋은 느낌이 들었다.

어느 문파나 무인들이 연무하는 모습은 철저히 비밀에 붙인다. 초식이 누출되는 것을 방지하기 위해서다. 연무 모습을 봐도 좋다는 것은 거의 입문이 확정되었다는 말과 다름없지 않은가.

"감사합니다."

독사는 정중히 포권지례를 취했다. 명문가의 자제답게 서둘지도 않았고 기쁨을 겉으로 드러내지도 않았다. 겉으로 보기에 독사는 여전히 담담하고 평온했다.

사천성에서 손꼽히는 현문이 왜 그렇게 조용한지는 장경각(藏經閣)을 돌아 크기가 무려 오백여 평에 이를 법한 연무장에 들어서는 즉시 알 수 있었다.

쓰윽! 쒜에엑……!

고함 소리 한마디 없는 가운데 무수한 검광이 피었다가 사라졌다.

얼핏 봐도 삼십여 명이 훨씬 넘어 보이는 많은 무인들이 검법을 수련하고 있는데도 바람 소리조차 크게 들릴 만큼 조용했다. 모두들 구슬땀을 흘리며 수련하고 있지만 전혀 움직임이 없는 것처럼 조용했다.

움직임이 느린 것은 아니다. 무인들은 매우 빠르게 움직였고 몸의 움직임도 현란했다. 검에서 일어나는 파공음을 들으면 소름이 쫙 돋았다.

'이것이 무공!'

독사는 전율이 일었다.

무인들을 따라서 몸을 움직이고픈 충동에 사로잡혔다. 손에 검이라도 쥐어져 있으면 가르쳐 주는 이가 없어도 휘둘러 보고 싶었다.

"여기서는 조용해야 돼요. 숨소리도 크게 내지 마요. 알았죠?"

취한이 귀에 입을 갖다 대고 소곤거렸다.

연무장에 들어서기 전에 한 번 들은 말인데 혹시나 해서 다시 언질을 주는 것 같다.

독사는 취한의 말을 듣고 있지 않았다.

그의 눈은 눈에 보이지 않을 만큼 빠른 속도로 검공을 전개하는 무인들의 몸에 고정되었다.

어떤 자는 허공을 뛰어오르며 검을 휘두른다. 어떤 자는 맹렬하게 좌우로 검을 떨쳐 낸다.

독사의 시선을 끌어당기는 것은 그들의 발이다.

어떻게 사람이 움직이면서도 소리가 나지 않을 수 있을까? 허공에 떠올랐다가 떨어지면 소리가 크게 울려야 당연한데, 어찌 바늘 떨어지는 소리도 나지 않을까?

무인들의 몸놀림이 신기하기만 했다.

'이런 자들과 부딪치면 싸워보지도 못하고 죽는다. 내가 죽인 무인은… 이들에 비하면 하수(下手)야. 기이한 능력을 지닌 그들 네 명도, 잔심마도인가 하는 자도 이들 상대가 되지 않아.'

보느니 경이의 연속이었다. 그때 무공을 수련하던 무인 중 한 명이 독사를 보았다.

그가 검을 거두고 다가왔다.

그의 이마에는 땀방울이 배어 있지 않았다. 격렬하게 몸을 움직였는데도 숨소리 한 올 흐트러짐이 없었다.

"설서린?"

"그렇습니다."

"들었어. 열여덟이라고?"

"네."

"난 스물둘이야. 입문이 허락된다면 사형(師兄)이지."

"네."

독사는 즉시 포권지례를 취했다.

그가 아는 인사법이란 포권지례밖에 없었다. 명문가의 자제들이 어떤 행동을 하고 어떤 식으로 말을 하는지 아는 바가 전혀 없었다. 그래서 문첩에도 갇혀 있다시피 하면서 엄격하게 글공부만 한 것으로 되어 있다.

"파주 정안 설씨라면 상당한 명문인데 내가 왜 못 들었지? 아! 여기 정안 출신이 있다! 야! 요신화(姚新華)! 이리 와봐!"

그가 고함을 지르자 모두들 수련하는 손길을 놓고 그와 독사를 쳐다봤다.

그중에 한 명이 그에게 걸어왔다. 그리고 다른 자들도 걸어왔다. 사내도 있고 여자도 있지만 하나같이 절제된 걸음들이다.

요신화란 자가 가까이 다가오자 그가 말했다.

"정안에서 온 설서린이라고 해. 들어봤어?"

"하하! 사형도 참, 내가 정안을 떠난 게 열 살 땐데 어떻게 들어봐요? 고향에 가도 며칠밖에 있지 않는데. 이 사람이 바로 그 괴물인가?"

괴물이라는 말에 모두들 호기심을 드러냈다. 개중에는 노골적으로 독사를 훑어보는 자도 있었다. 또 등 뒤로 돌아가 말로만 듣던 행낭을 쳐다보는 자도 있었다.

"아직 입문이 허락된 것은 아니니까 실수하지 마. 이렇게 말 나온 김에 하나만 묻지. 도대체 그 행낭 속에 든 게 뭐야?"

그는 요신화에게는 실수하지 말라고 하면서 자신은 거침없이 하대를 했다.

독사는 소천검객에게 했던 말과 같은 말을 했다.

"목숨입니다."

순간 독사는 무인들의 얼굴에 스쳐 가는 경멸을 읽었다.

표시를 내지 않으려고 했지만 눈칫밥이라면 누구보다도 많이 먹은 독사의 눈길을 피해낼 수는 없었다.

'무공은 강할지 모르지만 아직 어린애들……'

이상하다. 터무니없이 강한 무인들인데, 자신보다 나이도 훨씬 많은데 어린애로 보인다. 불곰이나 돌주먹, 쇠스랑처럼 나이 많은 사람들과 어울려 지낸 탓인지도 모른다.

그들에 비하면 이들은 확실히 세상 물정을 모르는 어린애다.

그가 말했다.

"모두 가서 무공 수련이나 해! 누가 쉬라고 했어! 이래서야 중강 도림을 이길 수 있겠어? 이번에 또 지면 오 회 내리 지는 거야! 개망신당할 거야? 너도 보려면 저기 한구석에 가서 조용히 봐. 수련 방해하지말고."

"네."

독사는 공손히 대답했다.

무인들이 자기 위치로 돌아갔다. 넓디넓은 연무장이지만 아마도 수련하는 장소가 정해져 있는 듯하다.

독사는 등을 돌려 연무장을 벗어났다.

"더 안 봐요?"

취한이 쪼르르 달려오며 물었다.

더 이상 구경할 흥미를 잃었다. 소천검객에 비하면 연무장에 있는
무인들은 배울 것이 너무 많아 보였다.

'나도 곧 배우게 될 거야. 곧……'

그날부터 독사에 대한 시험은 본격적으로 진행되었다.

청석(靑石) 위에 떨어져 있는 은화 한 냥. 동전 사백 문에 해당하는
큰돈이다. 그런 돈이 아무렇게나 길에 떨어져 있다.

'또…… 휴우! 차라리 나오지 말아야겠어. 입문이 허락될 때까지는
안에 틀어박혀 있는 편이……'

독사가 방만 벗어나면 마치 유혹이라도 하듯이 떨어져 있는 은화를
어떻게 해석해야 옳단 말인가?

누가 떨어뜨렸는지 짐작할 수도 없다. 굳이 집어내라면 집어내지 못
할 것도 없지만 그들은 절대 모습을 드러내지 않는다.

독사는 방에 틀어박혔다. 그리고 전처럼 책 속에 파묻혔다.

"나 기억해? 요신화."

독사는 엉거주춤 일어나 요신화를 맞이했다.

은화 일 때문에 현문 무인들에 대한 감정이 좋지는 않았지만 평생을
함께할 동문이 될지도 모르는데 감정을 상할 필요는 없다.

"여기 답답하지?"

'전혀. 내가 살던 곳에 비하면 극락이지.'

"모르겠습니다."

"너무 어렵게 대하지 마. 난 한 살밖에 더 안 많아. 그냥 편하게 말해."

"그러죠."

"입문하면 말야, 연무장에서 봤던 사형은 조심해. 얼마나 독한지 조금도 사정을 봐주지 않아. 알지, 석(石) 사형? 아! 이름도 모르겠구나? 이름이 석정하(石靜遐)야. 이렇게 말하면 알겠구나. 운성대협(澐星大俠)의 둘째 자제."

"……."

독사는 아무 반응도 보이지 않았다. 운성대협이란 사람이 대단한 사람 같기는 한데 도무지 아는 바가 없었다.

"어? 운성대협도 몰라?"

"무인은 잘……."

요신화의 눈가에 기이한 물결이 출렁거렸다.

그것 역시 경멸이었다. 세상에 운성대협도 모르냐는.

요신화가 말했다.

"아! 내가 여기 온 목적을 잊었네. 자!"

요신화가 전낭 하나를 내밀었다.

"이게……?"

"돈이야."

분노가 치밀었다. 돌처럼 단단한 머리로 요신화의 안면을 들이받고 싶었다.

"사실 난 조금 충격을 받았거든. 돈을 목숨으로 생각하는 사람도 있구나 하고 말야. 얼마 되지는 않지만 받아둬."

독사는 분노를 안으로 삭이며 웃음을 지어 보였다.

"괜찮습니다. 제가 목숨이라고 한 것은……."

요신화의 눈빛이 반짝였다. 중요한 비밀이라도 듣는 듯이.

하지만 독사는 더 말을 이을 수 없었다. 어떻게 영은촌 이야기를 할 것이며 요빙 이야기를 하겠는가? 설혹 할 수 있다고 해도 요빙은 혼자만의 가슴속에 묻어두고 싶었다.

"뭔데 그래? 말해 봐. 이래 봬도 나 입이 꽤 무거워."

"감사히… 받겠습니다."

독사는 요신화가 내민 전낭을 거뒀다. 그러자 요신화의 입가에 잔웃음이 매달렸다. 그러면 그렇지 하고.

그날 밤 또 손님이 찾아왔다.

이번에는 정식 방문객이 아니었다. 독사가 취침을 취하려고 침상에 든 지 반 각쯤 흐른 후 소리없이 창문이 열렸다.

날랜 인형 네 명이 순식간에 방 안으로 스며들었다.

독사는 깨어 있었다. 언제쯤 입문이 허락될지, 무공 수련은 무엇부터 시작할지, 또 애절하게 죽은 요빙을 생각하느라고 잠을 이루지 못했다.

'정말 어린애들인가? 열두 살에 입문해 무공 수련을 했다는 작자들이 이 정도라면 현문도 다 됐어. 중강 도림에 밀리는 게 당연하지. 하긴 그러면 어떤가, 내가 원하는 것은 무공이니…….'

독사는 침입자를 알면서도 모른 척했다. 그들의 치기 어린 장난에 발맞춰 줄 생각이 없었다.

그런데 그게 아니다. 침입자들은 애당초 노리는 것이 있었던 듯 서슴없이 독사의 목숨인 행낭에 손을 댔다.

'이런……!'

독사는 갈등했다.

계속 모른 척해야 하나, 아니면 일어나야 하나.

침입자가 행낭을 뒤져 기어이 요빙의 전낭을 꺼내 들었다.

이제는 더 참을 수 없다. 요빙의 전낭만은 그 누구도 손댈 수 없다. 행낭에 무엇이 들었냐고 물었을 때 목숨이 들어 있다고 답한 것은 허언이 아니다. 목숨이다, 목숨…….

"놓지, 그래?"

독사가 일어나 앉으며 말했다.

"어? 깨어났네?"

침입자는 놀라지도 않았다.

"훔쳐 가지 않을 테니까 염려 마. 내깃돈이 크게 걸려서 말야. 이 안에 얼마나 들어 있기에 목숨 운운하는지 알아보려고. 얼마인지만 알아보고 갈게 잠이나 자."

석정하의 음성이었다.

"충고하는데… 그 자리에 그냥 놔둬."

독사의 음성은 싸늘했다.

그는 선택했다. 왕각이 손까지 써가며 힘들게 들어왔고 입문이 반쯤은 허락된 상태지만 요빙과 바꿀 수는 없다. 요빙과 무공을 선택하라면 당연히 요빙이다.

"충고? 허! 지금 충고라고……."

석정하는 더 말을 잇지 못했다. 그는 말을 하다 말고 급히 뒤로 삼

보 물러섰다. 어느새 침상에서 튕겨 나온 독사가 머리부터 밀고 들어온 것이다.

독사는 일격이 실패했어도 당황하지 않았다. 이들의 무공을 보았으니 실패하리라고 생각했다. 그러면서도 머리로 들이받은 것은 이격을 위한 준비였다.

이격(二擊), 그것은 화살이다. 잘하면 가능성이 있다. 방 안에는 빛 한 점 스며들지 않아 칠흑 같은 어둠 속에 묻혀 있다.

소궁이 팔목에 걸리고 하완에 꽂혀 있던 대나무 화살이 재워졌다.

쉬익! 쉭쉭쉭쉭……!

구음곡에서 수련했던 오연사(五連射)가 튀어나왔다.

"엇!"

무인들의 입에서 경악성이 터져 나왔다. 그들은 독사에게 무기가 있다는 생각은 꿈에도 하지 않은 듯하다.

화살로 무인 세 명을 뒤로 물린 독사는 석정하를 향해 몸을 날렸다.

"건방진!"

석정하의 입에서 외마디 고성이 튀어나온다 싶었는데 독사는 허벅지에서 뼈가 부서지는 듯한 충격을 느꼈다.

너무 빠른 반격이다. 어떻게 해서 자신이 도리어 당했는지 이해할 수 없다.

독사의 몸이 나뒹구는 듯했다. 그러나 허벅지에 일격을 당하고 몸이 제멋대로 나뒹구는 순간 독사의 손에서 다시 화살 다섯 개가 튀어 나갔다.

"헛!"

석정하의 입에서도 경악성이 터져 나왔다.

쩔렁⋯⋯! 쫘악! 따르르⋯⋯!

요빙의 전낭이 방 안에 떨어졌다. 전낭 입구가 터지며 오백마흔여덟 개의 동전들이 산산이 흩어져 나갔다.

"죽인닷!"

독사의 눈에 핏기가 솟구쳤다.

요락에서 한림에게 살기를 느낀 이후 이토록 지독하게 살기가 치솟아본 적이 없다. 그때,

"그만!"

방 안을 쩌렁 울리는 일갈이 터져 나왔다. 일순간에 독사의 몸이 굳어질 만큼 위협적인 일갈이었다.

불이 밝혀지고 방 안의 정경이 드러났다.

침입자 중 한 명이 팔을 붙잡고 있다. 그의 오른팔에서는 붉은 피가 흘러나온다. 대나무 화살에 당한 흔적이다. 다른 두 명은 당황한 기색으로 문가를 쳐다보며 몸이 굳었다. 또 한 사람, 석정하도 피를 흘렸다. 그는 한 손으로 옆구리를 움켜잡고 있는데 진한 피가 연신 흘러나왔다.

방 안은 난장판이었다.

집기들이 부서지고 깨어졌다. 오백여 개의 동전이 곳곳에 흩어져 있다.

그 한가운데 독사가 왼팔을 내밀고 오른팔로는 대나무 화살을 재워놓은 채 석정하를 겨냥하고 있다.

문가에서는 취한이 등불을 든 채 오돌오돌 떨고 있었다. 그리고 소천검객이 딱딱하게 굳은 표정으로 방 안에 있는 모든 사람을 노려보고

있다.

'틀렸어.'

입문도 하기 전에 문도 간에 피를 흘리는 싸움을 벌였다. 세상에 그 누가 이런 사람을 문도로 받아들일 것인가?

독사는 화살을 내렸다.

요신화, 석정하, 이름도 모르는 두 사람…… 그리고 마지막으로 소천검객에게 눈길을 주었다.

소천검객은 무심전에서 대할 때와는 달리 딴사람이 된 듯 딱딱하게 굳은 얼굴로 노려보기만 했다.

독사는 요빙의 전낭을 들어 방바닥에 떨어진 돈을 줍기 시작했다.

아무도 움직이지 않았다.

오직 독사만이 움직였다. 왼발 허벅지에 당한 일격이 극심한 듯 심하게 절룩거리면서 천천히 동전을 주워 전낭 속에 넣었다.

긴 시간이 지루하게 흘렀다.

석정하도, 팔에 화살을 맞은 무인도 지혈(止血)할 생각조차 못하고 독사의 움직임만 쳐다봤다.

오백마흔여섯, 오백마흔일곱…….

일 문이 부족하다.

독사는 무인들은 신경도 쓰지 않고 방 안 구석구석을 뒤졌다. 침상 밑도 살펴보고 깨어진 화병도 들춰보고…….

요신화가 동전 한 개를 발견하고 주워 건냈다.

독사가 말없이 받아 들었다. 그리고 행낭을 꾸렸다.

소천검객은 어두운 밤 공기를 헤치고 사라지는 독사에게서 눈길을 거두지 못했다. 소천검객뿐만이 아니라 다른 사람들도 말을 잃은 채 독사의 뒷모습만 쳐다봤다.

"쯧! 못나기는."

독사의 모습이 어둠 속으로 완전히 묻힌 다음에야 소천검객의 입이 열렸다.

석정하의 표정이 냉정하게 돌아왔다.

"소궁을 사용할 줄은 몰랐습니다."

"그건 무인이 할 변명이 못 되지."

"죄송합니다."

"저놈은 현문이 아니더라도 어딘가에서든 무공을 익힐 놈이야. 한을 안고 있으니 어떤 무공이라도 익히겠지. 하지만…… 한을 안고 시작한 무공은 끝이 좋지 못해. 쯧! 은도가 아니라도 곱게 죽을 놈은 아니었어."

소천검객이 어둠 속으로 발을 들여놓았다.

석정하가 급히 물었다.

"사숙(師叔)님, 도대체 그 동전들이 뭐기에 저런 행동을 할 수 있습니까?"

석정하의 손에는 낮에 요신화가 주었던 전낭에 들려 있었다.

소천검객이 뒤도 돌아보지 않은 채 대답해 주었다.

"그가 자기 입으로 말했잖아, 목숨이라고. 사람 말을 믿을 때는 믿어야 하는 법이니."

'목숨…… 은화 두 냥도 안 되는 돈이 목숨……. 죽이려고 했어. 살기를 느꼈어. 아주 섬뜩한 살기. 사숙님이 말리지 않았으면 정말 죽었을지도……. 무공도 모르는 놈에게 이 석정하가…….'

석정하는 돌처럼 굳어져 움직이지 못했다.

요신화를 비롯한 두 무인도 큰 충격을 받은 듯 움직일 생각을 하지 못했다.

그들이 눈길은 독사가 사라진 어둠 저편을 헤집었다. 절룩거리며 걸어가는 독사의 모습이 보이기라도 하는 듯이.

『대형 설서린』 제2권으로…

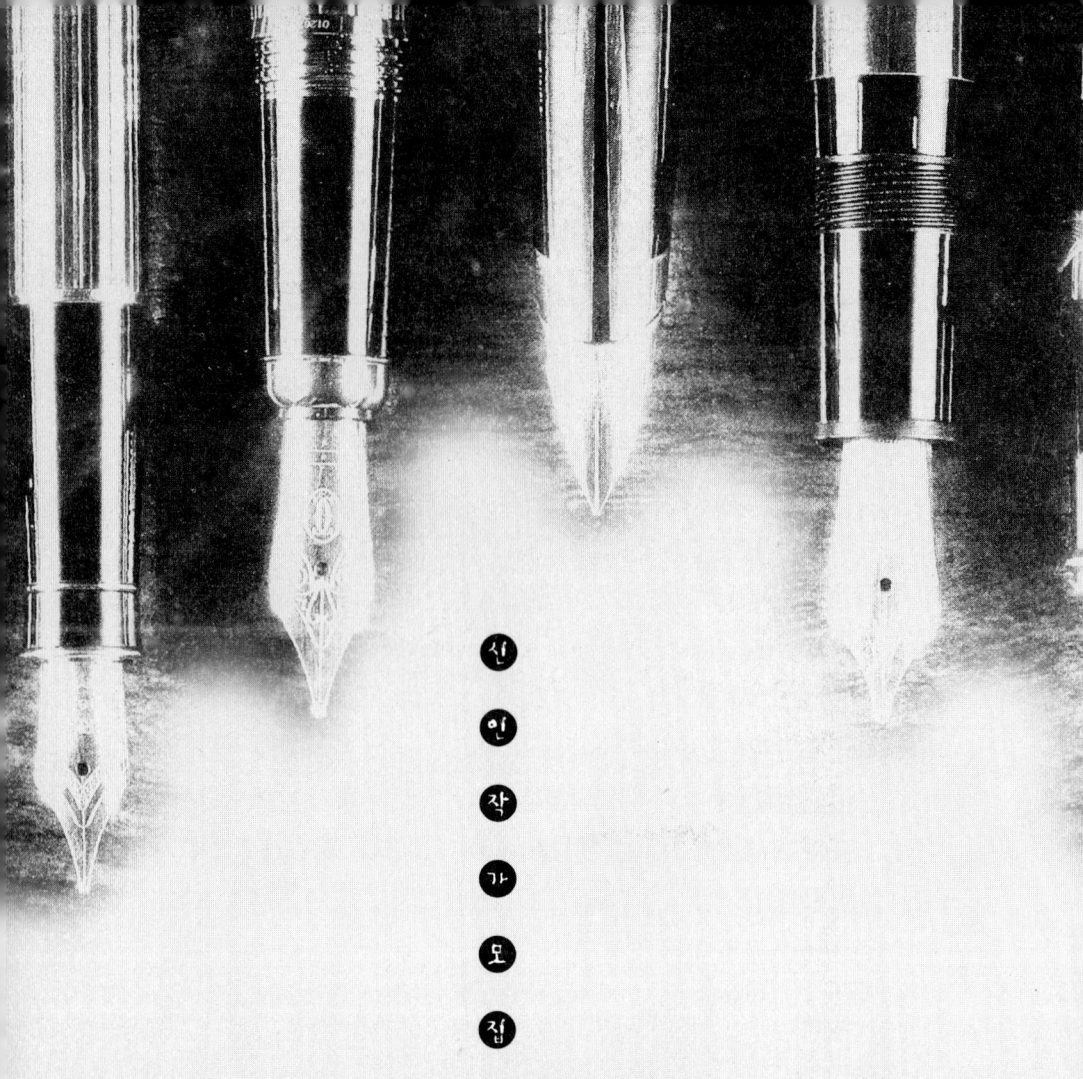

신

인

작

가

모

집

시작이 반이라고 했습니다.
작가의 길에 대한 보이지 않는 벽을 과감히 깨뜨리십시오!
청어람은 작가 지망생 여러분들의
멋진 방향타가 되어드리겠습니다.

저희 도서출판 청어람에서는
소설 신인 작가분들을 모집합니다.
판타지와 무협을 사랑하시는 분들의 많은 참여를 바랍니다.
소정의 원고(A4용지 150매)를 메일이나 우편으로 보내주시면
검토 후 출판 여부를 알려드리겠습니다.

주소:경기도 부천시 원미구 심곡1동 350-1 남성B/D 3F 우편번호420-011
TEL:032-656-4452 ·**FAX**:032-656-4453
http://**www.chungeoram.com**
e-mail:chungeoram@chungeoram.com